TO

キャンプをしたいだけなのに

山翠夏人

TO文庫

目次

第一章　林間キャンプ編　頼むから余所でやってくれ

私は荒い息を吐きながら暗闇を見つめた。

木々の間に這いつくばって身を隠しながら、林の奥に目をこらす。たき火が消えた今、目の前は漆黒状態だ。見えない。でも、確実に近づいてきている。

私はあまりの事態に奥歯をかみしめる。

なぜだ。なぜ、こんなことになった。

震える手でゆっくりと尻ポケットにはさんだナイフに手を伸ばした。

私は一人を楽しみたくてキャンプ場に来ただけなのに。

ただ、静かに、キャンプをしたいだけなのに。

1

山が紅葉に染まるというが、針葉樹を無計画に植林された山々の色づきは、染まっているというにはあまりにまだらだ。

杉や檜《ひのき》の間に埋もれ、広葉樹が申し訳なさげにポツポツと色づいている様子は正直もの悲しい。車の窓のわずかな隙間からひらりと入りこんだ葉は、そんな中で意外にも銀杏だった。ハンドルを大きく切って勾配を上がりながら片手でその葉を拾い上げて一瞥し、同じ窓の隙間から投げ返した。

視線を前に戻す。午後の日差しの中、視界は古びたアスファルトと落ち葉をまき散らす木々だけだ。

もうずいぶんな時間対向車に出会っていない。山を登り進めるごとに道幅もどんどん狭くなってきているので、正直いま対向車に来られても困るが。ナビを見ると、マップに映る道路は蛇のようにうねっており、分岐点は一つもない。音声ナビは「この先、5キロ以上道なりです」といったきり、二十分以上沈黙している。最後に民家を見たのは何分前だろうか。

いいね。人がいない。

ハンドルを切りながら笑みがこぼれるのを感じた。

私は人が嫌いだ。

自分の都合を他人に押しつけ、それを許容することがさも当然である、周囲に合わせることを強要し、それに従わなければさも異常である、自分以外の人間となど決してわかり合えるはずがないのに、さも理解し合えるとのたまう、この人間社会が嫌いだ。

だって、結局、他人は他人でしかないのだ。芯のところではわかり合えるはずがない。だったら、初めから関わりたくなどないではないか。

と言ってもそれを口に出したりはしない。そんなことを実際に言えば、周りから引かれて、余計に毎日が面倒くさくなるのは目に見えている。だったらにこにこ作り笑いをしていた方がよっぽど楽だ。

実際のところ、私は別に人付き合いが苦手なわけではない。むしろ職場でもよくやっている方だとは思う。知り合いも多い。ただ、友人と呼べる人は皆無だ。恋愛経験も積んではいるが、恋人関係が長く続いた人もそういない。

なんとなく、でもどうしようもなく、他人が嫌いだ。

想像してほしい。

例えば、ある朝に音楽を聴きながら職場に向けて歩いているとき、すぐ近くにそれほど仲良くないが無視もできない同僚が歩いているのを見つけたとしよう。誰だって少なからずは、なんともいえない面倒くさいような、腹立たしいような気持ちになるだろう。

多分それだ。

私はその気分が常時発動中だと思ってほしい。知り合いの有無にかかわらず、休日のショッピングモールは歩くだけでストレスがたまるし、満員電車など拷問に近い。

子どもの頃からずっと、私の理想の世界は、ゾンビ映画に出てくる町並みだ。

人類が死滅した世界に一人きり。最高だ。

まあ、それがかなわぬから、平日必死にあくせく働いて、貴重な休日にこんな山奥にしけこむ事になっているのだが。

急に木々が開けたと思ったら、続く道の脇に古びたログハウスが見えた。

「目的地は右側です。お疲れ様でした」

とナビが終了する。

こぢんまりとした駐車場には黒いジープが一台。その隣に愛車の黄色いミニクーパーを止める。

一眼レフを肩にかけ、財布を片手に車を降りた。軽く伸びをしながらログハウスを眺める。「工芸品」「革細工」と看板が掛かっている。「キャンプ場受付」の看板はないかと探したが、見つからなかった。

　ネットでは山の中の小屋で受け付けと書いてあったし、電話で予約をした際も「上まで登ってきたらお土産屋がありますので」と言っていた。ほかに候補の建物はなかったし、ここで間違いないだろう。

　ドアを開けて入ると、午後の日差しで暖かい店内は木の香りというよりかは少しほこりっぽい臭いがした。両壁には動物の毛皮や角の骨でつくったのであろう雑貨が並んでいた。

　一眼レフでパシャパシャと店内を数枚撮影する。すると、雑貨の隙間の額縁に写真がかかっているのに気がついた。横たわった鹿の前で、猟銃を小脇に抱えてピースをする中年男性が写っていた。ここの管理人だろうか。

　一通り店内を見物したところで、店の奥のカウンターにいき、呼び鈴をたたく。反応がない。もう一度たたいて待っても全く音沙汰がないので、三回目は思いっきり力を込めてたたいた。すると数秒後、奥の部屋からすっと男が出てきた。写真より小柄に見えるその男は、私を一瞥すると無言でカウンターに近づき、呼び鈴を二本の指ですっと押さえ、わずかに残っていた振動を完全に止めた。

「いらっしゃい」

管理人は改めて私を見てにんまりと笑った。

「おさがしものですか？」

「いえ、キャンプ場の受付に」

「ああ」管理人は珍しそうに私を上下に眺めた。

「お電話の」

「はい。斉藤です」

管理人はカウンターの下からバインダーを取り出した。

「斉藤ナツさん。一泊だね。お一人？」

「はい。まあ」

「女の子一人で、こんな山中のキャンプ場に？」

「どこもあいてなくて」

事実、近年の未曾有のアウトドアブームのせいで、めぼしいキャンプ場はどこも土日は大賑わいだ。根気よく探せばソロ用のサイト《キャンプ場》の一つや二つ見つかったかもしれないが、人気キャンプ場でファミリーキャンプに囲まれながら休日を過ごすのはまっぴらだった。対して、このキャンプ場はどのまとめサイトにも載ってないかなりマイナーな場所だ。全国の僻地のキャンプ場を回っているブログで偶然見つけた。

「でも、うち、ほんとに山奥だから、ちょっとあぶないかもよ」

「大丈夫です。慣れているので」

「ほんとに？　キャンプ場内は電波もとどかないよ」

「それも慣れてます」

「家族には？　ちゃんと今日ここに来てること伝えてる？」

正直、女性一人だとわかった瞬間、このように変に世話を焼いてくる輩にも辟易している。

「あ、仲悪いの？　だめだよ、家族は大切にしないとー」

ずいぶん踏み込んでくるな。

だんだんといらついてきた私の様子を見てとったのか、管理人はカウンターの下を再びごそごそと探り、手書きの地図が印刷されたコピー用紙を取り出した。

「はい。今ここね。こっからさらに車でちょっと進むとトイレがあるから。古いから女の子は嫌かもしれないけど、我慢してねー。車はトイレの横に止めてね。小さい手洗い場もあって一応水道も通ってるから、水をくむときはそこを使って」

管理人は地図を指でなぞりながら説明する。トイレのマークの周りにテントのイラストが五つ描かれていた。

「これがテントサイト(注)なんだけど、ここと、ここと、ここは使えないから」

どこからともなく取り出したマジックでテントマークに×をつけ、三つ消し去る。

(注)キャンプ場の敷地内でテントを張る場所のこと。

「大丈夫そうに見えても、地盤がもろくなってたりするの。絶対ここには設営しないでね」

「どうも」と地図を受け取ると四つ折りにしてポケットにしまった。入れ替わりに財布を出して電話で聞いていた料金を支払う。もうさっさと一人のキャンプタイムに入りたかった。

だが、管理人の話は続く。

「ここらはね、わかるだろうけど野生動物いっぱいだからね。気をつけてね。熊は最近出てないけど、イノシシや鹿はいるよ。そうそう。先週も早朝に一匹見つけてね。仕留めたんだ」

管理人は自慢げに壁の写真を指さした。「ぼく、猟師だから」

「そうですか」とできるだけ気のない返事をしたつもりだったが、実際は鹿のくだりでテンションが上がっていた。

私のサイトにも来てくれないだろうか。タイミングさえよければ、写真に収められるかもしれない。

管理人は得意げに続ける。

「まだ4時か5時だったかなあ。真っ暗だったんだけどね。なんとなく獲れそうな気がして山に入ってみたら、ビンゴだったよ」

日の昇らないうちの猟は、確か違法ではなかっただろうか。まあ、実際現場のモラル意識なんてそんなものだろう。

「では、行ってきます。お世話になります」

強引に話を切って背を向けようとする私に、管理人は慌てたように続ける。

「あ、夜は冷えるよー。ニュースだと来週からは氷点下切るらしいしね。今日はまだ大丈夫だけど、5度ぐらいにはなるよ。きっと。寒さ対策大丈夫?」

それを聞いて確認し忘れていたことを思い出した。就寝中は真冬対応の寝袋があるが、それまでは暖をとらなければならない。

「すみません。薪って勝手に木を拾って大丈夫ですか?」

「うんいいよー。いくらでも」

「ありがとうございます。ああ、あと、チェックアウトなんですけど」

管理人は一瞬考えた。

「あー、そうだね。帰りね。うん。特に何もしないでいいよ。適当なタイミングで勝手に出てもらって。そのまま帰っていいよ」

ずいぶんアバウトだが、もう一度ここに来る必要がないのは楽だ。

「ほんとは、うちのサイトすごく星がきれいなんだけど。残念だね。今夜はかなり曇るみたい」

管理人は私のカメラを見つめながら言った。

「星空、撮りたかったでしょ」

「いえ、全然大丈夫です」

なんでもないように答えてログハウスを出た。

事実、星空なんてものはどうでもよかった。ここから遥か遠くにあって、自分の人生とは何の関係もない星々に対しての興味の持ち方が全くわからない。正直、紅葉やら天体やらの「自然の魅力」というやつには、いまいち関心が持てないのだ。

2

「車でちょっと進む」と言っていたが、途中からアスファルトではなく木の枝や落ち葉が散乱する砂利道になったので、中古のミニクーパーでは時間がかかった。

ガタガタと車体をゆらしながら山道を登ると、古びた石造りの建物が見えた。電灯が一本脇に立っている。ここが管理人の言っていたトイレだろう。言われたとおりにそこで車を止める。

降りて中を確認すると、くみ取り式の和式便器が一つあるだけのこぢんまりとしたものだった。特に臭いもなく、虫の死骸を気にしなければ問題なさそうだ。

手洗いは外側の壁に取り付けられており、くすんだシンクの割と大きなものだった。

これならここで洗い物もできそうだ。試しに蛇口をひねってみると、数秒のタイムラグの後、勢いよく水が流れ出した。久しぶりの出番だったらしい。

ポケットからもらった地図を取り出し、サイトの場所を確認する。このキャンプ場はなだらかな勾配のある山肌に、棚田のようにサイトが設けられているようだ。このトイレを中心に、上方にサイトが二つ。下に三つ。地図を見ると、トイレより下の三つのテントマークは×されているので、実質、選択肢はトイレより上の二つだ。

地図を片手に二つのサイトに向かう。

手洗い場から一分ほど坂道を上ると、一つ目のサイトが見えた。5メートル四方にうまいこと木々が切り開かれており、なるほど。ここでたき火をしながら夜空を眺めればさぞ絶景であろう。

もう一つのサイトを見つけるのは手間取った。

地図上ではこの絶景サイトのすぐ隣にあるはずだが、その場所には一見、雑木林のような木々の集まりしかなかった。無理矢理かき分けると、3メートル四方あるかないかのこぢんまりとした平地が現れた。周りは天然の土の壁に囲まれている。土壁の上は雑木林のようだ。どうやら、小山を無理矢理にコの字形に削り取ったかのような地形らしい。試しにサイトの真ん中に座りこむと、土の壁に囲まれる形になった。私が切り開いた入り口以外の方向は、木の根が張った土壁か、絡み合うように生えた木々しか見えない。

絶景サイトと雑木林サイト。二つのサイトのどちらでキャンプをするかと聞かれたら、十人中九人が絶景サイトを選ぶだろう。だが私が選んだのは雑木林のサイトだった。

理由は二つ。

理由1。私は夜空にも開放感にも興味がなく、何なら閉鎖空間のほうが落ち着くから。

理由2。トイレの電灯だ。あの電灯が正常に機能するのかはわからないが、もし常夜灯だった場合、キャンプ場全体を一望できる絶景サイトからは電灯の光が一晩中視界に入ることになる。それは看過できない。私は景色に対しての興味は薄いが、景観が損なわれていいと思っているわけではないのだ。景観が何でもいいのであれば、どこかのガレージでも借りてコンクリートの上にテントを張ればいい話だ。せっかくキャンプ場に来たからには、できるだけ周りは自然で囲って、目に入る人工物は最低限にしたい。その点、この雑木林サイトは木々の間からわずかにトイレの壁の一部が見えるだけなので、そこまで電灯の影響は受けないですむはずだ。

サイト選びを終えると、車に戻り、トランクを開けてキャンプ道具を取り出す。大容量ザック一つと、カゴ二つ分。このキャンプギア《道具》たちは私がここ数年でこつこつと、一つずつ揃えたものだ。あまたの選択肢の中から自分のスタイルに合うものを日々厳選し、選び抜かれたギアたちだ。実に愛おしい。

「ほっ」と気合いを入れて、一気にザックを背負う。テントと寝袋が入っているので結構な重さだ。両手でカゴを一つずつ持ち上げる。中の調理道具やガスコンロ、焚き火台がガチャリと音を立て、重さに手が軽く痙攣しそうになる。これでも、キャンプを始めた頃の装備に比べると格段に軽くなってはいるのだ。

キャンプを始めた当初は、機能性があれば何でもいいと手当たり次第に安価なものを買いあさっていた。が、あまりの重量とかさばる荷物量に閉口し、徐々に軽量なギアに買い替えていくことになった。ただこれも単純に軽いギアを買いあさればいいと言うわけではない。単に軽いだけで使い勝手が悪ければ意味がないし、軽くなれば軽くなるに反比例して値段が重くなっていくのがキャンプギアの常だ。機能性と重量、そして値段の三つのバランスの整うギアを見つけることのなんと難しい事か。このザックと両手のかごの中には私の数年の努力が詰まっている。そりゃあ愛着も湧くと言うものだ。

愛しいギアを背中と両手で支えながら雑木林サイトまでの坂道を上る。

首からぶら下げた一眼レフが腹の前で振り子のように揺れる。なぜさっきの下見の時についでにこれをサイトに置いて来なかったのかと悔やんだ。しかし、一眼レフを差し引いても今日の荷物はいつもより少し重い気がする。装備は毎回ほとんど変わらないはずだが。理由を考えながら坂を上っていると、ようやく雑木林サイトにたどり着いた。そのタイミングでちょうど思い出した。そうだ。あのスキレットだ。

サイトの真ん中にドサリと荷物を下ろすと、ザックを開ける。寝袋とテントの間に挟まれるように収納されていた鉄の分厚いフライパン、所謂《いわゆる》スキレットを取り出して、私はため息をついた。

このただ重いだけのスキレットは私が今日持ってきたギアの中で唯一、愛着を毛ほども持っていないギアだった。そもそもこれは私が買ったものではない。職場でもらったものだ。

先週、私自身も覚えていないような誕生日を職場の同僚一同にお祝いされた。

まあ、確かに私もすべての同僚の誕生日にささやかなプレゼントを贈ってはいた。実際は誰の日取りも覚えておらず、年度初めに全員分をカレンダーアプリに登録しておき、数日前に届く通知に従って機械的にこなしていただけの事務作業だったのだが。まあ、何にせよ、人間関係を円滑にしようという目的は果たせたようで、お返しにと同僚の皆さんでサプライズを企画してくれたというわけだ。

昼休みに職場近くのお菓子屋さんのケーキを出され、「え、なんですか？　え、わたしに？　うそ！」と懸命にリアクションする私に、プレゼントも贈呈された。記憶にはないが、どうやらどこかで誰かにキャンプが趣味だとうっかり言ってしまっていたらしい。

ナツさん、キャンプするらしいよ。じゃあ誕プレはキャンプ道具がいいね。せっかくみんなで買うんだから、ちょっと高くても本格的なものにしようよ。いいねいいね賛成。ということで、キャンプで映えるギアとして今人気のスキレットが斉藤ナツさんには贈られました。同僚一同より。まあ仲がいいことで。


黒光りしているスキレットを両手で持ち上げて眺める。正直、鉄製のフライパンは手入れが面倒だ。そして何より重い。しかも「彼氏と一緒に使って」と言うことでご丁寧にファミリーサイズだ。この大きさに関しては私の責任なのだろう。数年前にいた交際相手について、面倒だからと今も継続している体にしていたのだから。

何にせよ、ちょうど軽量コンパクトなフライパンを購入したところだったのも相まって、本当にいらない。今日もできれば持って来たくはなかった。でも、さっそく喜んでキャンプで使用している写真が週明けには一枚は必要であろうから、渋々ザックに入れてきたのだ。

スキレットを無造作に地面に放ると、サイトの整備を始めた。ついでにたき火用の枝を拾う。

そうしてサイトが片付いた時には、片隅に小枝のちょっとした山ができていた。これでたき付けに関しては問題なかろう。次は太い薪がほしい。

太い枯れ木を求めて、土壁を登って上の林を見ることにした。ザックから折りたたみ式のノコギリを抜き取り、尻ポケットに差し込んだ。斧や鉈は重いために持ってきていない。薪割りはナイフでもできないことはないが面倒なので、手頃な太さの木を見つけなければ。

土壁を眺め、登りやすそうな場所を探す。

土壁が私の肩ほどの高さの場所を見つけ、上に生えている木の幹に手をかけた。土壁からはみ出している根に足をかけて体を持ち上げる。身軽さには自信があるので、特に苦労もなく上がることができた。

土壁の上はそのまま外側に向かって緩やかな下りの傾斜になっており、木々が50センチ間隔で生えている。

薪になりそうな木を探して地面を眺める。少し下りたところに手頃な太さの枯れた木が倒れていた。ノコギリを取り出し、運びやすいように切り分けていく。いい感じに乾燥している。幸運なことに広葉樹だ。クヌギの木だろうか。広葉樹は火持ちがいいから、たき火では重宝する。

ほかにもいくつか手頃な枯れ木を拾い、薪は両手いっぱいに抱えるほどになった。これだけあれば、今晩の分はまかなえるだろう。土壁の上から薪をバラバラとサイトに落とし、自分も飛び降りる。さっさとテントを張って椅子に座ってコーヒーでも淹れよう。

テントの組み立てに入った。

テントを固定するペグ《杭》を打ち込むためのハンマーも、極限まで軽量化されたお気に入りだ。重さがない分、打ち込み方にコツはいるが、慣れれば簡単だ。

何度もやってきた作業なので、椅子の組み立てを含めても三十分もかからなかった。ガスコンロでお湯を沸かしている間に、テントとギアが出そろったサイトを一眼レフでパシャリとやった。椅子に戻って撮った写真を確認すると、薄暗い林にカーキ色のテントがなんとも映えている。大枚をはたいて買ったカメラだけのことはある。画像を見ながらにやりとする。

この一眼レフは、初めてのソロキャンプの直後に衝動買いしたものだ。私はカメラを見つめながら、初めてソロキャンプに赴《おもむ》いた日を思い出した。

3

数年前、初めて予約したキャンプ場は、このキャンプ場に負けない山奥の立地だった。

買ったばかりのキャンプギアをうれしそうに車に積み、おっかなびっくり受付をしてサイトにはいった。偶然休みが取れた平日だったので、客も多くなく、静かに過ごすことができる環境だった。

しかし、火起こしすらも初めてだった私の初キャンプは苦難の連続だった。なかなか火はつかないわ、食材の買い忘れに気づくわ、テントは傾いているわ。リラックスする余裕など全くなかった。

結局、明かりが足りず薄暗い中でよく見えない上に、よくわからない味の料理を食べ、重くてかさばるだけの大して暖かくもない寝袋に潜り込んで早々に眠りについた。その頃は地面に薄いマットを敷いていれば快適に眠れると信じ込んでいて、朝の4時頃には背中を痛めて覚醒するはめになった。

キャンプ場はまだ薄暗く、濃い霧が漂っていて10メートル先も見えない。寝ぼけ眼でテントの前に座り込み、ぼーっと霧を眺めていると、霧の向こうから影が近づいてくるのに気づいた。

鹿だった。それも立派な角を生やした牡鹿だ。霧の中からぬっと顔を出した牡鹿は、私に気づく様子もなく、私のいるサイトの前をゆっくりと横切っていく。霧に濡れた毛皮が呼吸で揺れるのが見えた。牡鹿の重い息づかいがかすかに聞こえた。

私はそれまで自分は動物が嫌いなのだと思っていた。誰かの飼い犬やペットショップコーナーで見かけるガラスの中の猫には一切魅力を感じなかった。むしろあまり見ていたいものではなかった。だが、目の前を横切る野生の鹿にはただならぬ胸の高まりを感じた。

美しい。素直にそう思った。

特に美しいのは目だった。その黒い瞳は、ガラスの中の猫には見いだすことのできない光を放っているように感じた。まるで自らの生に輝いているようだった。

あまりにも生々しい生命の迫力に私は固まってしまっていたが、我に返って、こっそりと上着のポケットを探った。カメラはないが、せめてスマホで写真をとりたい。この出会いを残したい。

探り当てたスマホを細心の注意を払いながらゆっくりと取り出し、カメラモードにすると牡鹿に向ける。

カシャリ。

指で押さえたつもりだったが予想以上に大きな音が響く。牡鹿ははじかれたように踵を返した。土が飛び散り、その一粒が頬をかすめる。すると霧に隠れて見えなかったのだろうか。牡鹿に続いて牝鹿が数匹、霧の中から甲高い鳴き声を上げて現れ、ドドドと大きな蹄の音を響かせながら一瞬で走り去っていった。

あまりの出来事に呆けてしまい、その朝は日が完全に昇るまでテントの前に座り込んでいた。

その日辛うじて撮影できたピンボケの牡鹿の横顔は、一年近くスマホの待ち受け画面になった。

その次の日には全く関心がなかった一眼レフをフリマアプリで購入した。有名ブランドのハイクラスシリーズで、中古でも三万円した。だが、あの感動を高画質で収められるのなら高いとは思わなかった。

私は同じキャンプ場を三週連続で予約した。同じサイトで早朝にカメラを構え、まんじりともせず鹿を待った。

「株を守りて兎を待つ」ということわざがある。

昔々の農民が、畑の木の株に偶然うさぎがぶつかって倒れるのに出くわし、幸運にもうさぎを得ることができた。それ以来、農民は同じ幸運がまた起こると思い込んで、後生大事に、来る日も来る日も切り株のそばでうさぎを待ち続けて笑いものになったという故事だ。

まあ、結論を言えば私も愚かな農民と同類だった。鹿は毎日キャンプ場を訪れる訳ではなかったのだ。むしろあの日がなんとも珍しい幸運な朝だっただけだ。あの朝、鹿たちは偶然キャンプ場に迷い込み、これまた偶然私のサイトを通りかかっただけなのだ。そのことに気づいたのは三週目の朝だったし、うさぎのことわざを思い出したのもその日の帰り道だった。

さすがに同じキャンプ場に通うことはなくなったが、自分の浅はかさに気づいてからも、私は一眼レフをキャンプには必ず持ち歩いている。ギアの軽量化を図り始めた後も、スキレット並みに重いこの一眼レフは決して持ち物から外さなかった。

株を守っていると言われようが、一度幸運を経験した人間はどうしても二回目を期待してしまうものなのだ。

コーヒーを入れて一段落し、読書にふけっていると、いつの間にか周りが薄暗くなり始めていた。林の中と言うこともあって、あっという間に真っ暗になりそうだ。

焚き火台を組み立てて、集めた小枝で火をおこし、徐々に太い薪を加えていく。木々はよく乾燥していて、すぐに安定した炎となった。ただ、空気も乾燥しているのが気になる。山火事が心配だ。乾燥注意報など出ていないだろうか。

スマホを取り出して調べようとして圏外であることを思いだした。見事なまでにアンテナ0本だ。山奥のキャンプ場ではよくあることなので、特に驚きはしない。

いったんサイトを出て車に向かった。サイトの外ももうすっかり暗くなっていた。空を見上げると管理人の言っていたとおり、隙間もない分厚い曇天だった。この雲が暗くなるのが早かった原因でもあったのだろう。

車に着くと、トランクからバケツを取り出す。トイレの横の電灯は予想通り白い光を放っていた。その光を頼りに手洗い場でバケツに水をくみ、サイトに戻った。

たき火のすぐそばにバケツを置く。いざという時に一瞬で火を消火させるにはバケツの水が一番確実だ。

椅子に腰を下ろしてトイレの方を見ると、木々の間からかすかに電灯の明かりが見えた。これぐらいならば全く気にならない。

自分の判断に満足して、目を離した隙に弱まった火に薪を追加する。いい具合に熾《おき》火《び》もできたので、夕食の調理を始めることにした。

カゴの中のクーラーケースから、スーパーで購入したステーキ肉を取り出す。火のそばにしばらく置いて常温に戻すと、塩こしょうを振って下味をつける。焚き火台には五徳をはめ込み、スキレットをおく。アウトドア本によると、スキレットのメリットは、熱伝導がいいため、肉を美味しく焼けるところだという。試させてもらおうじゃないか。

スキレットが完全に温まったところで少量の油でニンニクを炒め、頃合いを見てステーキ肉をゆっくり投入する。水分が弾ける音とともに香しい匂いが漂った。

焼け加減を確認して、スキレットを地面に下ろし、肉をスキレットにのせたままナイフで切り分ける。いい具合にミディアムレアに仕上がっており、一人にんまりとする。

食べる前に、忘れずに一眼レフをパシャリとする。

一枚目は自動でフラッシュがたかれてしまい人工の明かり感が否めなかったので、フラッシュ機能をＯＦＦにした。フラッシュはオプションパーツの外付けタイプなので取り外してしまってもよかったが、もし、夜間に動物が現れたら、組み立てている間に撮り損ねてしまう。

フラッシュなしでたき火のそばで撮り直すと、火の柔らかい光でまさにキャンプ料理といった写真になった。

撮影が済んだところで、ど真ん中の肉片からバクリと頬張る。ほどよい脂がたまらなかった。一口食べると止まらなくなり、ステーキ肉はあっという間になくなってしまった。

さて、では二品目いきますかとカゴを探っていると、サイトの入り口に気配を感じた。

動物か？　とっさに一眼レフを引き寄せた私は、前方を見て面食らった。

人間だった。

私と同年代の女性だ。土汚れのついたパーカーにジーンズ。細身なスタイル。

彼女はしばらく林の入り口に立ってぼうっとたき火の方向に顔を向けていた。その
わずかにうつむいた状態のまま、にこりともしないで言った。

「あたらせてもらってもいい？」

私は断り方を思いつかなかった。

4

たき火を挟む形で私の対面に体育座りしている女性を見ながら、私はどうしたもの
かと困惑していた。彼女は相変わらずたき火に顔を向けている。たき火に当たらせて
くれと言うぐらいだから、寒かったのだろうか。

「カメラ……」

しばらくの沈黙のあと、彼女がぼそりと言った。

「はい？」

「カメラ、好きなの？　いいのを持ってるから」

私の一眼レフのことを言っているらしい。見えていないようで、ちゃんと見えてい

たようだ。「ええ、まあ……」と歯切れの悪い返事をする。

「私も好きだったんだ。よく星空を撮ってた」

話を寄せてくれたのかもしれないが、今の一言ですでに趣味が合わないことが明らかになってしまった。と言うか、たとえ趣味があっていても別に雑談トークをしたい気分ではない。どうしたものかと途方に暮れていると、彼女が膝を抱きしめるように身を縮めた。

「寒い……」

確かに昼間に比べて冷え込んできていた。しかし、たき火は景気よく燃えているし、彼女のパーカーは汚れてはいるものの有名アウトドアブランドのもので、あったかそうな分厚い生地だ。もしかしたら私とは気温の感じ方自体が違うのかもしれない。

「寒い」と、彼女は繰り返した。

私は黙り込む。

「ずっと、山を彷徨ってるの」

反応しない私に彼女は続ける。

「早く出たいの」

彼女の声がだんだん悲愴に震えはじめた。

「山を下りたいの……どうしてもここを出たいの」

ついに押し殺した泣き声に変わった。

「お願い。ここから出して」

なんとなく事情は察したが、困ってしまう。

よくわからないけれど、それは無理なんだろうなあ。


だってこの人、完全に死んでるし。


彼女の頭は、鼻から上が無かった。本来両目があるはずの場所から上が大きく欠損しており、顔の上半分があるはずの位置には背後の木が見えていた。

いつだったか、ネットで読んだ眉唾な記事を思い出す。岩山登山の途中に落下死した死体は、スイカわりと称されることがあるらしい。岩肌から落下する間に重みで頭が下になり、そのまま岩に激突するから、そう形容できる状態の遺体になって見つかるそうだ。彼女がどうだったかはわからないが、少なくとも、もうこの世のものではない。

うん。困った。幽霊の類いに遭遇するのは初めてなので、対応の仕方がわからない。気まずくなって、意味も無くトングでたき火をいじる。

そもそもまず、幽霊はやっぱり自分の死に気づいていないものなのだろうか。だとしたら、「いや、あなたもう死んでいますよ」と伝えていいものなのだろうか。わからない。なにが正解だ。

「ねえ……すごく寒いの。家にもどらなきゃ」

彼女は小刻みに震え始めた。

「ねえ助けて。お願いねえ」

全身がガクガクと痙攣をはじめた。顔で唯一残る口もしゃべるのをやめない。

「ねえ、お願いねえ、ねえ」

声のトーンがだんだん上がっていく。

「ねえねえねえねえねえねえ」

私は大きく舌打ちをした。

「いや無理でしょ？　あなたもう死んでますし」

なんか面倒くさくなってしまった。

彼女は面食らったようにしばらく黙った。

そして、一言、「えー……」とだけ漏らした。

よし。とりあえず話はついたらしい。

気を取り直して、中断していた調理に戻ろう。今日の二品目はサバ缶を使ったアヒージョだ。野菜はミニトマトとブロッコリーを用意してある。カゴをがさがさと探り材料を取り出す。

「え……いや、え？」

調理にはスキレットを転用しよう。肉の脂をティッシュで拭き取り、再び火にかける。先にオリーブオイルを注ぎ、ニンニクと鷹の爪を――

「ちょ、ちょっと待って！　え？　そんな感じ？」

そんな感じとはどんな感じだろう。私のキャンプスタイルに異論でもあるのだろうか。まあ、他人の意見に流されないのが私のいいところだ。

「え？　まって。これ、そんなふうに流していい話？　いや、目の前の私、ええと、あれで、その、死んでるんだけど」

「はい見ればわかります。頭半分ありませんから。知ってました？」

「ああ、うん、知ってた。知ってるけど、え、そんな感じで料理再開しちゃうの？　え、片手間？」

よくしゃべる幽霊だな。こっちはわざわざ遠方の山奥にはるばる来て、サイト料を払ってまで一人になりに来ているのに。だんだん腹が立ってきたので、無視することにした。

「えーと、聞いてる？　もしもし？　私、こう見えても、というか、見たとおり、悲惨な死に方してて……その、思い残しとかもあって……いやブロッコリーを切るのをやめろ！」

具材をあらかたスキレットにぶち込み、あとは火が通るのを待つだけとなったところで、あまりにうるさいので話をしてやることにした。

「で、何？」

彼女はまた、「ええー……」と漏らして、肩を落とした。何かしらショックを受けているらしい。

「話が無いなら、どこか行ってくれる？　私、一人が好きなの」

「いや、私、幽霊だよ。怖がらないのはもういいとして、色々興味わかないの？」

「興味？」

「なにか聞きたいこととか」

確かに、死者との対話は貴重な機会ではあるな。

「じゃあ、質問。あなた、目は見えてるの？」

「え……と、見えないけど、見えているというか、感じるというか、わかるというか」

やはり、通常の視覚ではないようだ。だが、この暗がりの中で私のカメラの種類を判断したぐらいだから、視力を超越した「目」を持っているのかもしれないな。興味が湧き始めたが、よく考えれば彼女の存在は単なる私の妄想や幻覚の可能性もある。むしろその方が理にかなっている。

所謂心霊写真は撮れるのだろうか。私は一眼レフを拾い上げると、彼女に向かってシャッターを切った。

フォルダを確認したが、たき火の先は真っ暗なだけの写真になってしまった。いきなり写真を撮られて「え？」とまたも面食らっている彼女を、今度はフラッシュを最大出力に設定して撮影する。パシャリ。確認すると、フラッシュで白く照らされた先は林の木々が写っているだけだった。

目ではここまではっきりと見えているのに、ファインダー越しに写らないと言うことは、やはり実体は存在しないのか。これは私の脳の異常説が濃厚になってきた。そう考えると、ますます相手をするのは馬鹿馬鹿しい。

「で、話はあるの？　ないの？」

彼女はしばらく黙った後、観念したような表情、と言っても顔の下半分で判断するしかないが、そんな雰囲気で「お願いがあるの……」と切り出した。

「私、ここのすぐ近くで死んだんだけど、ずっと山をさまよってるの」

地縛霊というやつか。知らんけど。

「ふーん。思い残しでもあるんじゃない？」

「……うん。多分そう。会いたい人がいるんだけど、どうしても山から抜け出せなくて」

なるほど。外部に思い残しがあるが、霊的なルールか何かでこの土地に縛られているから、その思い残しも果たしようがないという訳か。気の毒な話だ。

「多分、どうあがいても、私がここを離れるのは無理。だからあなたに代わりに動いてほしいの」

「悪いけど、それは無理」

「判断が早いよ」

「だって私に何のメリットもないし」

そういってアヒージョの様子を見ようとすると、彼女は、ぱっと私に向かって手の平を広げる。

「最後まで聞いて。お願い」

私はため息をついて椅子に深く沈んだ。めんどうだが、こういう場合、かたくなに耳を塞ぐよりも、素直に一定時間傾聴した方が結果的に早くすむ事が多い。

「私、妹がいるの」

何の話がはじまったのか。まあ無理に言うならば、生前の話と言うことになるのだろう。

「私と七つも離れてるの。すごくかわいいのよ。性格もやさしくて。ほんとに私の妹かってぐらい。そもそも父親も違うからあんまり顔が似てないのは当たり前なんだけど」

顔の話をされても、彼女の顔は口元しかないからなんとも反応しづらい。

「でも、両親がね、その、人間のくずで」

彼女は膝を抱えてうつむきがちに言った。

「詳しくは言わないけど、虐待も頻繁にあったの。学校とかにはばれないような、陰湿なやつ。大抵は私がターゲットにされたんだけど、妹に飛び火することもあったわ」

彼女はうつむいたまま続ける。

「私、耐えられなくて逃げちゃったの。妹をおいて」

たき火がパチリとはぜる。

「私がいなくなったあと、あの子がどうなったのか、想像もしなかった。そんな余裕無かったの。私も十代だったし、頼れる大人も、信頼できる友達すらいなかったの。社会で生きるのに精一杯だった」

そこで、彼女は少し黙った。たき火をしばらく見つめて、というか、そちらに顔を向けて、また話し始めた。

「妹の事を気にし始めたのは、家を出てから数年後。本当にその時まで思い出しもしていなかったの。私がいなくなったあの家で、妹がどうなるかなんてわかりきったことなのに。でも、妹は数年ぶりにのこのこと顔を出した私を責めたりなんてしなかった。むしろ私が元気なことを知って安心してた。そういう子なの」

そこで、彼女は顔を上げた。

「あなたは、兄弟姉妹いる？　ご両親とは仲いい？」

「一人っ子。両親にはずっと会ってない」

「そっか。家族仲は似たようなものなんだね」

そう納得するように小さく頷く彼女に、目の動きで話の続きを促す。彼女はまた、たき火の方にうつむいて話し始めた。

「妹には両親に隠れて近所のカフェで会ったんだけど、いろいろ話をしてる中で、中学生になったあの子は美容師になりたいってことがわかったの。そのためには高校を出て美容学校に行って、国家資格を取らないといけないでしょ。でも、あの親が専門学校のお金なんて出してくれるはずがない。聞いた感じでは、そもそも、高校すら通わせる気は無いみたいだった。だから」

彼女はそこで息をふうっとはいた。

「だから、約束したの。高校は私が通わせてあげる。大学のお金も心配しなくていい。中学を卒業したらすぐに、お姉ちゃんと一緒に暮らそうって」

私は眉をひそめた。ずいぶん見栄を張ったな。さっきまでの話だと、自分の生活も苦しかったはずだが。

「相当の額必要でしょ。工面できたの」

「がんばったわ」

　彼女は初めて笑った。少し自虐的な笑みではあったが。

「妹の卒業まで二年ちょっとしかなかったから。死に物狂いで稼いだ。したくない仕事もいっぱいしたわ。でもその甲斐あって、さしあたっての妹の学費と、二人で部屋を借りて暮らせる程度のお金ができた」

　ということで、めでたし、めでたし、とは、いかなかったということか。

「そこで気が緩んじゃったのかなあ。お金のめどが立って、少し余裕もあるぐらいだったから、二人での生活の前にささやかな一人旅でもしようかななんて思いついちゃって、ほこりをかぶってたカメラ引っ張り出して、星空がきれいなキャンプ場をいくつかめぐって……」

「そして、気づいたら死んでたわ」

　パチリと、また大きくたき火がはぜた。冷え切った空気に火の粉が美しく舞う。

「で、私に何をしてほしいの？」

　彼女は再び顔をあげた。私の方にまっすぐ顔を向ける。

「私の代わりに、妹にお金を届けてほしいの。お金の場所もわかってはいるの。妹の通っている中学校も教えるからすぐに――」

「断る。悪いけど、他をあたって」

　そう答えると、私はアヒージョをのぞき込んだ。いい感じに火が通っているようだ。

火から上げて地面に置くと、スプーンとバゲットを取り出す。

「どうして！」

彼女が「信じられない」といった声色で叫んだ。

「私はともかく、あの子には何の罪もないでしょ！　妹のために――」

「あなたの妹よ」

と彼女の叫びを遮って私は言った。

「あなたの妹に罪がないのと同じように、この件について私に責任は一切無い。責任があるのは一人だけ」

私は料理から顔を上げて彼女の目を、実際はえぐれた顔越しに暗闇を見つめて言った。

「あなたよ。そして責任を果たすことなくあなたは死んだ」

私はアヒージョに目線を戻した。

「だからこの不幸な話はおしまい。再開することは、もうない」

彼女はしばらく口をパクパクさせて二の句が継げないようだったが、絞り出すように一言、聞いてきた。

「あなたは、同情心とかないの」

「うん？　あるよ。かわいそうな話にはかわいそうだなあって思うし、そういうドラマを見てうるっとすることもある。今の話だって不憫だなあって思った」

「じゃあ」

「でもそれだけよ。同情しただけ」

私はスライスしたバゲットをアヒージョに浸した。

「たとえば、捨てられたペットの悲惨な現状を描く作品を鑑賞したとして、感銘を受けて映画館を出た後に、実際に動物愛護団体を検索して寄付しようとする人が何人いる？　そりゃあゼロではないでしょうけど、結局何も行動しない人がほとんどでしょう？　そういうこと。私は珍しくもないただ何もしない人間ってだけ。そしてそれを自覚しているだけ。そんな私に期待されても」

私はひたひたになったバゲットを口に放り込んだ。

「正直困るわ」

彼女はじっと私に顔を向けている。

「……あなた、自分のこと以外、どうでもいいって感じね」

「そうね。自分に関わる事以外は何の興味もわかないなあ。でも、誰しもそうじゃない？」

「……」

「あなたにもし、私を祟るとか、呪うとか、そんな力があったなら、話は変わったと思う。でも、ここまでの感じからすると、そういうことはできないんでしょ？　あなたはただそこにいて、ただ見えるだけ。つまり私に危害を加えることはできないし、もちろんメリットを与えてくれることもないわけだ」

　彼女は黙っている。

「確かにあなたの身の上話と、妹の境遇はかわいそうだったわ。同情もした。でも、お涙ちょうだいの話とか、ハラハラドキドキの展開とか、感動のラストとか、映画なら別にいいけど、現実では関わりたくないわ」

　私はそこでちょっと深めの息を吐いた。

「正直、余所でやってほしい」

　すらすらと言葉が出る。人間関係を気にせず本音を吐き出すのは、心地のいいものだな。

「現実の私は脅威か利益が無い限りは動かないの。動かないことに決めているの」

　そうだ。私はずっとそうしてきた。友人関係も。男女関係も。無駄なく。最低限に。

「あなたの証明したように人生は思いがけなく短いものでしょう？」

　キャンプギアの選別と一緒だ。より軽く、より実用的にするためには、ザックに入れるものは取捨選択しなければならない。

「効率よく生きないと。今後関わることのない他人の、あなたの人生に協力することは非効率だわ。私の人生にとって」

私が言い終えると彼女は長い間黙り込んでいたが、一言、「狂ってるね」とだけつぶやいた。

「やばい人間は何人も見てきたけど、あなたみたいな人が一番、人として狂ってる」

心外な評価だったが、職場の人間でもなんでもないので、特に気にはならなかった。

「しかも、あなたみたいなのが、世の中たくさんいるのよね」

それは確かに否定できない。

5

「そもそも私じゃなく、ほかの人に頼みなさいよ」

そう。他のキャンパー客だってたまには来るだろうし、少なくとも管理人なら接触可能なはずだ。

「誰にも見えないのよ。私を見ることが出来たのは、あなたが初めて」

「妙ね。私も幽霊なんて初めて見るのに」

「そうなの？　てっきり頻繁に見るタイプで、だから反応が薄いのかと思ってた」

それは単に興味がなかっただけだが、顧みるとちょっとそっけなくしすぎたかもしれない。いつもだったら平謝りするところだが、彼女とは今後関わり合いはまずないだろうから、問題ないか。旅先はこれが楽だ。

話は終わったはずだが、彼女はたき火から離れようとしない。寒いと言っていたのは事実なのか。もしくは、人と話すのが久しぶりだろうから、もっと話していたいのかもしれない。いずれにしても私にはいい迷惑だった。しかし、追い返すのも気力がいりそうなので、食事がすむまでは話し相手になってあげることにした。一通りおしゃべりすれば満足して去ってくれるかもしれない。

「なんであなたにだけ見えるんだろう。趣味が共通してるから、とか？」

「ちがうんじゃない？　私、カメラは持ってるけど、星空とか、景色とか、草花とかは興味ないし」

「じゃあ、何を撮るのよ」

「野生動物。ちゃんと撮れたことはほとんどないけど」

私は、初めてのキャンプ場での鹿との出会いを大まかに説明した。彼女は「ふーん」といった感じでうなずきながら聞いていた。他人の話を聞くのは苦痛でしかないが、たき火越しに自分語りをするのは案外悪くなかった。

「じゃあ、聞いていい？　自分以外に興味のない現代人さん」

　鹿との感動の出会いを聞き終えた彼女は言った。

「もし、目の前でその鹿たちが猟師に撃ち殺されたとしたら、どうする？　それでも平気でいられる？　同情しない？」

「え？　そうだなあ。とりあえず、お肉を分けてもらえないか交渉するかな。ジビエ料理にも興味あるんだよね」

「ああ、そういう感じなんだ……」

「なに？」

「だって、ずっとカメラを持ち歩いてまで、焦がれているんでしょ。その鹿が殺されてもいいんだ」

「だって、それが狩猟でしょ。むしろ、それがあるから、野生動物でしょ。人間の庇護下にいない自由で危険な存在。そこに魅力があるんじゃない」

　想像してみた。数年前のあの朝、牡鹿に出会った時にもしも私が狩人で、手にはスマホではなく銃が握られていたとしたら、私はあの美しい生き物を撃てるだろうか。あの瞳から命の光が失われていくのを見届けることに耐えられるだろうか。

　うん。撃てるな。迷いなく。

「私は狩猟には肯定的なの」

「どうして？　狩りは命を能動的に奪う行為でしょ」

「私は別に、動物愛護家ではないしね。かといって、鹿が害獣認定されているからだとかそういう社会問題的な意見でもないわ。純粋に、狩猟はフェアだと思うの」

「ふぇあ？」

彼女は理解できないといった声色で言った。

「必死に自然界で生きている動物を一方的に追い詰めて、銃をつかって撃ち殺すのよ。それのどこがフェアなのよ」

「フェアよ。狩人は鹿を殺そうとし、鹿は生きようとする。実に単純な構図で、だからこそ正しい関係だと思う」

「だから――」と彼女が若干怒気をはらんだ声で言い返そうとするのを、片手を上げて制して続ける。

「確かに、人間側が武器を用いている以上、公平とはいえないかもしれない。でも、公正ではあると思う。だってその武器は人間の英知によって鹿を殺すために生み出されたものだもの。人間が地球を支配している以上、多数であり、有利であり、強力であり、強大であることは必然。不利で理不尽な状況下で戦わなければいけないのは弱者の定め。強者の立ち位置で力を振るえるのは地球を支配した人間の勝ち得た権利よ」

彼女は返答に困ったようで、口をつぐんだ。構わず続ける。

「そこに疑念や遠慮を差し狭む必要はないと思う。強者の人間が『食べたい』と思ったなら、武器も道具も知識もすべてつぎ込んで獲物を狙えばいい。鹿は『生きたい』と思うなら、角を使おうが、蹄を使おうが、その場で可能なあらゆる手段を尽くして、文字通り死力を尽くして抗えばいい。そこに力関係の傾きはあっても、嘘はないはずよ」

「……それが狩られる側にとって、どんなに絶望的状況でも？」

「ええ。嘘のない、フェアな関係だと思う。狩る側も、自分の意思で命を奪い、食べて血肉にする。この行為に嘘なんてあるわけない」

所謂、極論だ。それはわかっている。こういう意見は確実に非難されるだろう。普段ならどんなに言いたくても、絶対口には出さない。

「私からすれば、スーパーで生前の姿も想像できない肉片状態のステーキ肉を、半額セールでうれしそうにカゴに入れる人の姿の方がよっぽど非人道的だと思う」

「あなたもさっきステーキ焼いて食べてたくせに」

「見てたんだ。ちなみにあれは近所のお肉屋さんで30パーセントOFFのお買い得だったの。つい買っちゃった」

そこで彼女は肩を落としてふっと笑った。たき火を見ながら「狂ってるなあー」とつぶやく。

しゃべりながらもちょくちょくつまんでいたので、アヒージョはすっかりなくなっていた。思いのほか、楽しんで話すことができたな。だが、そろそろ一人を満喫する時間を再開したい。

「悪いんだけど、そろそろ」

「うん。そうね」

彼女はすっと立ち上がった。

「人と久しぶりにしゃべったわ。ありがとう」

「どういたしまして」

「頼み事は、また、見える人を見つけて頼むことにする。きっと、私たちは同じ境遇だから、あなたは私が見えたんだと思う。次のそういう人を待つわ」

さよならを言うべきか迷ったが、口を開く前に彼女は消えていた。


ふうっと自分でもよくわからない感情のため息をつく。

ようやく一人に戻れた。そこまで長い時間ではなかったはずだが、たき火を挟む相手がいないことに少し違和感を覚えるのが不思議だった。

気を取り直してたき火に薪を足し、食後のコーヒーの用意に移る。お湯がわくまでの間はまた読書を再開する。

読み始めて数分で違和感を覚えた。いまいち内容が頭に入らない。なにかモヤモヤする。同じ行を三回読み返したところで、本を閉じた。できあがったコーヒーをコップに注ぎながら、考えてみる。

結局、なぜ、私だけが彼女を見ることができたのだろう。「私たちは同じ境遇だから」と彼女は言った。改めて考えると、カメラを除いても、私と彼女は共通点が多い。同じ境遇とは、何を指した言葉なのだろうか。女性だから？　一人でキャンプをしているから？　友達や恋人がいないから？　家族と不仲だから？　それはつまり……。

いざというとき、誰も捜してくれないから？

考えが不穏な方向に流れ始めた。

ちょっと待て。そもそもの話、なぜ、彼女は死んだんだ？

勝手に岩場での転落死と決めつけていたが、この山にそんな危険な岩場があるのか？　それ以前に彼女は「星空がきれいなキャンプ場をいくつか巡って」と言っていたではないか。写真家であって星空が好きであっても、登山家ではない。普通にキャンプ場をソロで回っていたに過ぎないはずなのだ。そして、おそらく、このキャンプ場が彼女の最期の訪問地となったのだ。

では、ますますおかしい。寂れた登山道で雪に埋もれたのならともかく、キャンプ場で死んだのなら、間違いなくすぐに発見される。そして遺体の身元調査が行われるはずだ。そうすれば、自動的に遺族に財産も送られるはず。私を頼る必要など無い。

もしかして、崖にでも落ちて、まだ発見されていないのか？　ここはチェックアウトの必要がないから、管理人も帰ったものと思って。いや、それならテントや荷物が残っているはずだし、そもそも彼女が乗ってきた車はどこに行った。私が気づかないのはあり得ても、管理人は必ず気づくはずだ。そして管理人が不審に思って通報を……。

その管理人が、彼女の死を知っていて、通報しなかったとしたら？

私は、口もつけていないコーヒーをゆっくりと地面に置いた。彼女の大きくえぐれた頭部を思い出す。今思うと確かに、あれは潰れたと言うより、吹き飛ばされた、という感じだ。例えば、猟銃の散弾とかで。

そうか。彼女はここで殺されたのか。

管理人が殺したのであれば、こんな山奥、誰も通報する人などいまい。荷物や車だって、管理人はゆっくり処理できる。そして、これは管理人には大きな幸運だったたろうが、彼女には捜してくれる身内も友人もいなかった。捜索願いすら出ていないのであれば、彼女の死はなかったも同然だ。管理人はなんの苦労もせず、完全犯罪を成し遂げたことになる。

まさに殺人犯にとって、これほどの幸運はないだろう。だってそうだろう。今時そういない。誰にも行き先を告げずに一人で旅をして、いなくなっても誰も捜さない、そんな他人と隔絶したような女性なんて。そう。それこそ、彼女と私ぐらい。

同じ境遇。彼女の言葉がもう一度思い出される。その境遇って、どこまでが同じなんだ？　ここまでの生い立ちまで？　それとも、死に方も含めて？

よくよく考えてみれば、今日一日で違和感はあった。なかなか水が出ない水道。長期間だれも来なかったと言うことだ。おそらく、客が少ないと言うより、申し込む客を皆断ってきたのだろう。なのに、ぽんと電話予約しただけの私は二つ返事で宿泊許可が出た。そしてもう一つ。一見問題はなさそうなのに、閉鎖された三つのサイト。まるで、泊まるサイトの場所を強制されているようだ。

それはきっと、獲物の場所がはっきりしている方が、狩りがしやすいからだ。

ちょっと待て。落ち着け。私は必死で冷静に思考を保とうとしたが、どんどんと最悪の方向に考えが及んでいく。それに必死に抗う自分がいた。

確かに私は彼女と同じ境遇、つまり、殺人鬼にとって、「同じ条件」な訳だが、犯人はすでに彼女を殺したわけであって、そしてそれは成功したはずであって、もうこれ以上のターゲットを求めはしないのではないか？

そうだ。そもそもリスクが高すぎる。彼女の時は偶然うまくいっただけだ。殺人鬼にとって理想的な状況が奇跡的に舞い込んだだけで、そんな幸運が普通は何度も訪れるわけがない。一回の幸運で味を占めて二度目の幸運を待ち続けるなんて、それこそ、「株を守りて兎を待つ」ではないか。

今日のログハウスでの管理人との会話が、次々と頭に浮かんだ。

「女の子一人で、こんな山中のキャンプ場に？」

「キャンプ場内は電波もとどかないよ」

「家族には？　ちゃんと今日ここに来てること伝えてる？」

「あ、仲悪いの？　だめだよ、家族は大切にしないとー」

「ぼく、猟師だから」

あり得ない。だが、もしもだ。もしもの話。もし運命の手違いで、株の前で愚直に待ち続ける男の前にまたしても兎が現れたとしたら。


その哀れな兎はどうなるんだ。


ばちん。と前方でかすかな音がした。

はじかれたように顔を上げ、木々の間から前をのぞき見る。暗くて何も見えない。目をこらして見ても、キャンプ場は真っ暗だ。いや、真っ暗過ぎる。

トイレの電灯が消えている。

固まる私の耳に、遠くから、山道を近づいてくる車の音が聞こえた。

6

硬直していた私は、ジープのヘッドライトの光がキャンプ場に入ってきた瞬間に一気に行動を開始した。

バケツの水をたたきつけるようにしてたき火を消し、ライト類もすべてＯＦＦにする。

手探りでザックを見つけ、中からナイフを引っ張り出して鞘ごとズボンの尻ポケットに差し込む。

次に、テント設営の後に地面に置いていたはずのペグハンマーを捜す。焦っているためか、一向に手に当たらない。

車がトイレの前に停車し、エンジンが切れた音がした。時間が無い。

私はハンマーの代わりに真っ先に手に当たった一眼レフを引き寄せ、肩にかけると、土壁を手探りで探って、昼間に登った場所を捜した。

たき火が消えた今、この林の中は漆黒状態だ。前回つかまった木の根を捜し出すまでに、両手は擦り傷だらけになる。

ようやく見つけた木の根を掴むと、足場が見えないため、がむしゃらに土壁を蹴って上に登る。

上の雑木林に上がる事に成功すると、コの字の土壁の上を這うようにしてサイトに沿って入口側に移動した。泥だらけになりながらも、木々の間からトイレの方向が見える場所を見つけ出す。

車から降りた管理人は懐中電灯を持っているようだった。細い光がキャンプ場をさまよう。管理人自身の出で立ちは、暗さのためと、距離が開いているために、肉眼ではぼんやりとしか見えない。私は腹ばいの体勢で一眼レフを構えると、望遠レンズを限界まで絞って管理人をズームした。

「斉藤さーん。すみませーん。停電が起こったようでしたのでー。様子を見に来ましたー」

緊張感のないトーンで呼びかける管理人の左手に、長い棒状のものが握られているのをレンズ越しに確認した私は、あまりの展開に目を強くつぶって歯をくいしばった。

私は一人を楽しみたくてキャンプ場に来ただけなのに、なんで殺人鬼と対峙する羽目になっているんだ。

「斉藤さーん。どこですかー?」

まだ距離がある。今ならまだ返事をしても正確な場所は特定できまい。わずかな可能性かけるならこのタイミングしかない。私は木々の間から呼びかけた。

「管理人さん！　私、実は家族と仲がいいんです。すごく仲良しです。捜索願いなんてすぐ出します！　すぐ捕まりますよ！　でも、あの、今引き返してくれたら、何もなかったって事になります。思い直してください。まだ間に合います！」

管理人はピタッと動きを止めた。数秒後、ふっと懐中電灯の光が消える。思い直した？　いや違う。

狩りを始めたんだ。

どうする？　無抵抗で降参してみて、様子を見るか？　いや、だめだ。

彼女の欠けた頭を思い出した。迷い無く頭を撃ち抜かれ、体には他に外傷がない。初めから、頭部を狙われたのだ。彼女の「気がついたら死んでた」という言葉も、今考えれば比喩表現ではなく、そのまま言葉通りだったのかもしれない。彼女は命の危機を感じる暇さえなく、命を奪われたのか。となると、管理人の目的は脅すことではない。殺すことだ。殺害行為自体に魅力を感じるのか、それとも遺体に用があるのかわからないが、どちらにせよ、両手を上げても寿命は延びないだろう。

管理人のゆっくりとした足音がかすかに聞こえた。だんだん近づいてくる。私は這いつくばっていた体をゆっくりと起こした。ズボンからナイフを取り、鞘から抜く。

暗闇で見えないのは相手も同じだ。物音さえ立てなければ、場所はばれない。しかも、私がいる林のサイトにはまず来ない。だって、十人中九人が隣の絶景サイトを選ぶ。まさかこの雑木林にいるとは思うまい。管理人が隣のサイトを探っている間に、土壁を飛び降りて、全力で車に向かって走り出せば、逃げ切れる可能性はある。私のミニクーパーで逃げてもいいし、もし鍵を挿したままだったら、管理人のジープを奪うのが理想だ。そうすれば、管理人には追える手段がなくなる。

しかし、管理人の足音はなんの迷い無く、私のいる雑木林サイトに入ってきた。

そんな。どうしてだ。遠くからでも炎の位置が見えていたのか？　それともやはりさっきの返答で場所を特定されたのか？　でも、大丈夫だ。まだ大丈夫。鼓動が苦しくなるほど高まるのを感じながら、必死に自分を落ち着かせる。

私は今、土壁の上の林に潜んでいる。この暗闇でわかるわけがない。たとえ上にいることがわかっても、場所の特定まではできないだろうから、彼も土壁を登ってくる必要がある。そのすきに、入り口めがけて飛び降りて走り出せば、あるいは。

足音がサイトの中を進む。サイトの中心、おそらくさっき消したたき火の跡があるあたりに来たとき、管理人のゆっくりとした足音が止まった。私の気配を探っているのか。息を止めて耳を澄ますと、カチリとかすかな金属音を耳が拾った。

構えた！

とっさの判断で管理人とは逆方向の下りの傾斜にむかって身を翻す。次の瞬間、轟音とともに私のいた場所の木々が粉砕して、木片が飛び散った。私は傾斜を転がり、背中と肩を木々の幹にしたたかにぶつけた。打撲の激痛に思わず出そうになるうめき声を必死でこらえる。

まずい。見つかった。逃げなければ。

慌てて体を起こし、その場を離れようとした瞬間、木の幹に勢いよく額がぶつかった。鈍い音とともに視界が一瞬白くなる。握っていたナイフがどこかに飛んで行ったのがわかった。尻餅をつき、生ぬるいものが額から鼻筋を伝うのを感じる。

落ち着け。考えろ。

座り込んだ状態のまま、衝撃で揺れる脳を無理矢理フル回転させる。なぜ、管理人は私が見えるんだ。夜目が利く体質だったとしても、ここまで正確に私の居場所がわかるはずがない。山勘で撃ったわけでもあるまい。確実に、あの男には私が見えている。

思い出すと、管理人は夜明け前の真っ暗な山で鹿を仕留めたと言っていた。まさか懐中電灯片手に銃を構えたわけではあるまい。

さては、暗闇でも獲物が見える装備を持っているのではないか。暗視ゴーグルやサーモグラフィー、そんなものいくらでも存在する。

私は改めて自分の置かれた状況がいかに絶望的であるかを実感した。相手は銃を持ち、腕力でも体格でも勝り、地理に詳しく、そして目が見える。私には暗闇の中で目すらない。先ほどの、彼女に対して言った自分の言葉が思い出される。

「強者の人間が『食べたい』と思ったなら、武器も道具も知識もすべてつぎ込んで獲物を狙えばいい。鹿は『生きたい』と思うなら、角を使おうが、蹄を使おうが、その場で可能なあらゆる手段を尽くして、文字通り死力を尽くして抗えばいい」

それが狩られる側にとって、どんなに絶望的状況でも。

位置はわからない。でも気配で感じる。管理人はもうさっきの隙に土壁を登って、上の林に入ってきている。そして、確実にもう私は見つかっている。なのに、私は今、自分がどちらの方向を向いているのかもわからない。

私はゆっくりと体を起こし、震える足で立ち上がる。

私には、使う角も、蹄も無い。ナイフだって落とした。

何の音もしない。だが、どこからか、すぐ近くで銃口が私に向いていることだけはわかる。

私はかすれた声で、どこにいるかもわからない相手に向けて、暗闇に叫んだ。

「お願い！　なんでも言うことを聞く！　言うとおりにするから……！」

私の情けない声に、管理人が嘲笑するのを感じた。

お前に言ってねーよバーカ。

私に残された、あらゆる手段を尽くして、抗う。

文字通り、「死力」を尽くして。

「だから、私の『目』になって！」

暗闇の中、私にだけ聞こえる声が響いた。

『あなたの右後ろ』

私は瞬時に身をひねりながら、腰を落とし、右後ろの方向に向かって一眼レフのシャッターを切った。

パシャ！

最大出力のフラッシュが、すぐ背後で暗視ゴーグルをつけて猟銃を構えていた管理人の姿を照らし出す。突然の光を暗視ゴーグル越しに捉えた管理人の体が、一瞬ぐらりと揺れたのがわかった。

次の瞬間、頭上で構えた一眼レフが爆発音とともに手から吹き飛んだ。

体に弾丸が当たっていないことはわかった。それでも、反射的に全身が硬直する。

まずい。次が来る。動け！

ガチリと金属音が鳴った。引き金ではない。銃身を折って弾を装填する音だ。

全身の筋肉を無理矢理奮い立たせ、私は叫び声を上げながら思いっきり管理人に向かって突進した。

管理人の体にぶつかる鈍い衝撃。管理人とともにもんどり打って倒れそうになる。

あわてて地面に突こうとした両手が、宙を空振りした。自分が土壁の上からサイトに向かって、回転しながら落下しているのに気づいた瞬間、背中が地面に激突した。一瞬呼吸ができなくなる。

『立って。あいつも落ちた。もう立ち上がりかけてる』

私は手をばたつかせて体を起こした。両手がほんのり温かい水たまりに触れる。たき火の跡だ。

『右手をのばして。武器があるわ。左側にも』

言われるがまま両手を動かし、武器を探り当てる。

『あいつ、銃を落としたみたい。でも、すぐ近くに落ちているのに全然気づかないわ』

ガサゴソと管理人が手探りで銃を捜す気配がする。フラッシュの光で、もしくは落下の衝撃で暗視ゴーグルがイカレたのか。

暗闇の世界にようこそ。見えないって不安でしょ。

でもあいにく、私には目があるのよ。

「方向は！」

『正面。突っ込んでくるよ』

私の声に反応した管理人が突進してくるのがわかった。私を掴もうとがむしゃらに振り回す両手が空を切り、頬に風を感じた。

『今』

私は右手に握ったペグハンマーを頭上に掲げ、大きく振り下ろした。管理人の頭部にヒットする。しかし、軽量化を突き詰めたキャンプギアはあまりに軽い。引き戻す前にがしりと手首を掴まれる。管理人がにやりと笑ったのがわかった。

その顔面に向かって、左手に握った、ただ重いだけのスキレットを、思いっきり叩き込んだ。

男の体が揺れて膝をつく音がする。

自由になった右手も添えて、再びスキレットを振るう。空振り――

『もうちょっと右』

ゴン。三度振るったスキレットが管理人の頭に直撃して、普段耳にしないような音を出した。管理人の動く気配がなくなった。その頭めがけて、同じ軌道で再度スキレットを全力で振り下ろした。

ひときわ鈍い音がサイトに響いた。どさりと男が横倒しになった音がした。私は管理人が起き上がってこないのを確認すると、衝撃でわずかに振動する鉄板を、二本の指ですっと押さえて止めた。

初めて、このスキレットに愛着を感じた。

手探りでライトを探り当て、サイトを照らし出す。ひどい有様だった。私の自慢のテントは、上に管理人が落下したのであろう。ポールが大きく変形してひしゃげていた。

それを見た私は、踵を返して管理人のもとに戻ると、今度は股間めがけてもう一度スキレットをたたき込んだ。

7

管理人が目を覚ましたのは、朝方の、私がちょうど朝食を終えたところだった。

私を視界に捉えた管理人は体を起こそうともがいたが、私の手持ちのパラコードで両手両足は何重にも縛られていた。さらに、ジープに積んであった虎ロープで全身を木の根っこに縛り付けられており、土壁にひっついた蛾のさなぎのようになっている状態だったので、ピクリとも体は動かせていなかった。何やら叫ぼうとしている様子だったが、口には手頃な薪を突っ込み、その上から布で猿ぐつわをしていたので、なんかもごもご言っているぐらいにしか感じない。

私はしばらく食後のコーヒーをすすりながらその様を観察していたが、それもすぐに飽きてしまい、寝袋とテントの片付けに移った。

昨日は意識を失った管理人を縛り付けたあと、予定通りひしゃげたテントで宿泊した。

仮にも命のやりとりをした直後ではあったが、割とすんなりと眠りにつくことができた。まあ、もともと寝付きはいい方だ。

キャンプ道具をまとめて車に運ぶ。体の節々が痛いので、昨日と同じく一回で一気に運ぶ気にはなれず、何回かに分けて運んだ。特にポールが変形したテントはカバーに収まらず、両手で抱える羽目になった。その際は、呻いている管理人に通りすがりに蹴りを入れた。

最後の一回を運ぶとき、管理人が一段と激しく暴れ出した。何か言いたいのだろうが、全く興味が無い。無言でサイトを出ようとして、ふと思い直して振り返った。

「あ、夜は冷えますよ。ニュースだと来週からは氷点下切るらしいですし」

管理人の目が絶望に染まるのを見ながら、私は続けた。

「どうせあなたも、友達いないんでしょ」

それだけ言うと、私はさっさと車に乗り込み、キャンプ場を後にした。


行きと同じ砂利道をがたがたと揺れながら進む。

ログハウスに着くと、管理人のポケットから見つけた鍵で中に入った。


彼女の声は、もう聞こえない。


管理人を倒した直後、彼女は私に「頼み事」を改めて伝えた。

ログハウスのクローゼットの中に、彼女の生前のザックがあり、内ポケットに預金通帳があること。妹を捜してそれを渡してほしいということ。

そして、自分が死んだということは、絶対に悟らせないでほしいこと。

この最後の頼みが一番困難だろう。まあ、できる限りのことはしよう。

「ザックの中に入っているものは、あなたにあげるわ」とも言っていた。その後、私には彼女の姿も見えなければ、声も聞こえない。私が危機を脱したことで、「同じ境遇」であるというペアリングが切れたのか、それとも、頼み事を伝えただけで安心して成仏したのか。後者であるならば、少々私を信用しすぎではないだろうか。

カウンターに私の名前が書いた予約表があったので、剥がしてポケットに突っ込む。管理人が死のうが生き残ろうがどうでもいいが、この情報を基に私に影響が及ぶ可能性は消しておきたい。

そのまま奥に向かいかけて立ち止まる。

仮に生き残った場合、管理人はまたここで、兎を待ち続けるのだろうか。

私は、カウンターに戻り、固定電話の受話器を上げて110番にダイヤルした。つながったことを確認すると、そのまま切らずに、受話器をカウンターに置く。少し迷って、ポケットに入れた予約表を取り出し、カウンターに置いた。

ザックはすぐに見つかった。開けると、まず財布が目についた。ほとんど金は入っていなかったが、運転免許証が出てきた。

岸本あかり。

それが彼女の名前だったようだ。顔写真を、こんな顔だったのかとしげしげと見つめる。少し切れ長な、意志の強そうな目をしていた。

財布を元に戻すと、内ポケットを捜した。手探りではなかなか見つからなかったので、ザックをひっくり返してガサガサと揺する。思ったより重い。小物がぽろぽろ落ちてくるのに交じって、パサリと目的の預金通帳が落ちてきた。ほぼ同時に、奥で引っかかっていたらしい、ひときわ重い荷物がゴトリと落ちた。

拾い上げてみると、使い込まれてきたことが一目でわかる、古びた一眼レフだった。

8

岸本あかりの妹、岸本美音に出会えたのは、次の年の春が終わろうという時期の事だった。見つけるのに時間がかかったのは、彼女から中学生だと聞いていた妹が、実際はすでに二十歳になっていたからだ。彼女が妹の前から姿を消してから、もう五年以上が経過していた。

なんとか連絡が取れた岸本美音とは、彼女が通っているという美容学校のカフェテリアで待ち合わせをした。なんでも、姉の予想通り高校に行くことは叶わなかったが、中卒で働き始め、家を出て、自力で高等学校卒業程度の認定試験に合格して、奨学金を利用しながらこの学校に通っているそうだ。姉の想像よりも、遙かに妹は強い。

いや、あの姉の妹だと考えれば、当然か。

早めに待ち合わせ場所に着いてしまった。講義終わりに来るという美音を待ちながら、コーヒーを啜る。


あのあと、事後処理は散々だった。

凍死寸前で虫の息の管理人を、警察が運良く発見したのは置き去りにしてから二日後のことだった。管理人がろくに喋れる状態ではなかったため、警察は詳しく現場検証を行った。明らかに違法に使用された猟銃はすぐにみつかり、事件と断定。名簿の名前から、私はすぐに警察署に連れていかれた。

私は彼女のことを除いて、事の次第を淡々と伝えた。事情聴取は長時間に亘ったが、ログハウスから新たにもう二人の別の失踪女性の荷物が見つかった事から、管理人は殺害容疑、殺人未遂で起訴。私は完全なる正当防衛と言うことで解放された。

ただし、管理人の殺害容疑は三人ではなく二人分だ。

なぜなら、岸本あかりのザックは私が処理しておいたからだ。なんとか奇跡的にうまくいったようで、警察は、犠牲者は二人だと思っている。もし岸本あかりも被害者として挙がれば、妹に彼女の死が最悪の形で伝わってしまうところだった。

証拠隠滅など、発覚すれば人生に影響するリスクのある行動だ。まったく効率的でも合理的でもない。しかし、彼女との約束だ。やれやれ。なんで私がこんなことを。

岸本あかりの遺体も、あとの二人の女性の方も遺体は見つからなかったらしい。

管理人がどうしたかは想像したくないし、興味も無い。

なんにせよ、警察も事件の異常性を重く受け止めたのだろう。この事件には厳しい報道規制が敷かれたらしい。週刊誌やらなんやらに追いかけられることはなかったのが私には幸いだった。


「暗証番号はあなたの誕生日だって」

そう差し出された預金通帳を見て、岸本美音は姉譲りの切れ長な目を丸くした。

「私も詳しい場所は聞いてないんだけど、お姉さん、今海外にいるの。それもすごく忙しいみたいで。代わりにこれ、私があずかったの」

美音は無言で通帳を見つめる。無理もない。約束から七年も経過しているのだ。なんなら怒って破り捨てても不思議ではない。だが、美音は丁寧に両手で通帳を受け取った。

「……こんな大事なものを、本当に姉から預かったんですか？」

まずい。疑われているのか。

「なんかね、合わせる顔がないんだって」

これはいろんな意味で間違いではない。

「でも、お金を誰かに預けるなんて……」

「うーん。まあね。まあ、いろいろ協力？　とかもしてきたし」

「ああ、あとこれ」と私は思い出して肩にかけている一眼レフを見せた。

「これだってもらったよ」

これも間違いではない。美音はさらに目を丸くして一眼レフを見つめた。

「……そのカメラを？」

美音は信じられないという表情でつぶやいた。

私が頷くと、美音はしばらく黙ったかと思うと、突然ぽろぽろと涙をこぼし始めた。

彼女の死がばれたのか？　と焦る私に、美音は言った。

「ごめんなさい……お姉ちゃん、友達とか、いるの、見たことなかったから」

彼女は目を拭いながら続けた。

「誰のことも信じないで、いつも一人でなんでもやって、なんでも抱え込むタイプだったから」

美音は目を潤ませながらくすりと笑った。

「でも、お姉ちゃんにも、ナツさんみたいな友達ができたんですね」

黙っている私を見て、困らせてしまったと思ったのか、「ごめんなさい。いきなり」とあわてて謝った。

「ずっと心配してたんです。でも、ナツさんみたいな人がいるって知って、すごく安心しました」

美音はそういって照れ笑いをした。

「まったくもう。お姉ちゃん、今、どこで何してるんですかね」

「さあ」と私は椅子の背にもたれながら答えた。

「きっと、どこかで星空でも見てるんじゃない？」

きっとそれも、間違いではない。


私はミニクーパーに乗り込むと、バックミラーを覗いた。ミラーには通帳を大事そうに胸に抱えて、何度も何度も頭を下げる美音が映っている。

窓を開けて後ろ手に手を振りながら、車を発進させた。校門を抜ける。

友達か。

少し感傷に浸ってみようかと思ったが、すぐに止めた。家族愛だとか、友情だとか、やはりよくわからない。そんなものには私は向いていないのだ。頼むから余所でやってくれ。

ハンドルを切ると、車体が揺れて、ザックの中のスキレットが音を立てた。車は並木道に入る。

スピードを落としてしばし眺める。花びらが散っているので一瞬わからなかったが、よく見ると桜の木だった。

さあ、今日のキャンプ地を目指しますか。

アクセルを踏むとミニクーパーが桜並木を軽快に走り出す。花びらが散り終えた桜の若葉は、青葉へと変わろうとしていた。

第二章　湖畔キャンプ編　結局は全部他人事

「なんでそんなに冷たいの？」

「彼」がその問いかけをしたのが何度目だったのかも覚えていない。

だから私が「べつに冷たくないよ」と答えたのもいつものことだった。

「興味が無いだけ」

後から思い返して、いつもと違っていたなと感じる唯一の点は、そこで「彼」がメガネの奥でまぶたをふっと閉じたことだった。

「それが冷たいって言うことだよ」

「彼」がその二日後の月曜日の朝に自殺したことを知ったのは、幾日もたってからだった。

1

スマホを家に忘れた。

その可能性に思い当たったのは高速道路のETCのバーが上がった瞬間だった。

あれ？　私、ザックにスマホ入れたっけ？

本線に入った愛車のミニクーパーのハンドルを片手で操りながら、もう片方の手で助手席のザックを手探りする。いつもスマホを突っ込んでいるポケットを引っかき回す。だめだ。ない。諦めきれずに穿いているジーパンのポケットも探るが、見つからなかった。

ズボンとザックのポケットに入っていなければもう可能性は家しかない。そうわかってはいても最寄りのパーキングエリアに入って車を止めずにはいられなかった。車を降り、助手席側に回ってザックを引っかき回す。「捜し物とは、案外近くにあるものだ」と誰かが言っていた。諦めきれない。

テント、寝袋、焚き火台、愛用のスキレット、ランタン、ナイフ、一眼レフ。

苦労して詰め込んだ荷物を駐車場のアスファルトに並べていく。もう確実にないことは確定しているのに、未練がましくザックをひっくり返す自分が情けなくなる。

はい。ありませんね。晴れて忘れ物が確定いたしました。斉藤ナツさんおめでとうございます。

ため息をつく気にもなれず、並べたキャンプギアの真ん中で空を仰いで息を吸った。

雲一つ無い晴天。少し暑いくらいだ。夜は冷えるかと思い、一応上着も持ってきてはいるが、それも不要なのではと思えるほどの陽気だった。夏が近い。

目線を下げて現実に戻る。スマホを忘れるなんて学生の頃以来かもしれない。

今日に限ってなぜ忘れたのか。

キャンプ道具をザックに詰め直しながら、今朝の自分の行動を思い返す。そう。今朝は岸本美音と電話をしたのだ。


「ナツさんごめんなさい！　今日、だいぶ遅れちゃいそうです」

美音の悲痛な声がスマホから流れてくる。対して私はホットコーヒーを飲みながら
「あそうなの」とそっけなく答えた。朝はまだ肌寒かった。

「何時頃になりそう？」

「多分、夕方？　夜？　すみません……」

「なんでまた」

「ちゃんと休暇申請してたんですよ。一ヶ月前から。でも先輩の一人が体調崩しちゃったらしくて、急にシフト入れられちゃったんです……」

「すがすがしいほどブラック企業じゃん」

岸本美音は友人（？）の妹で、奨学金で美容学校に通っていた苦学生だったが、今年の春から晴れて美容師として働き始めた。まあ、職人の世界は色々厳しいようだ。

「そんなに遅くなるなら、無理してこなくていいよ。私、どうせいつも一人だし」

「いえ！　記念すべき初キャンプですので！　深夜になろうが這ってでもいきます！」

それはキャンプ場も私も迷惑なので止めてほしい。

初めて美音とあった日、私は気の迷いで連絡先を交換してしまった。姉と違って妹は社交スキルが高いようで、それ以後、年に数回、ご飯に誘われたり、お茶に誘われたりで、なんとなく関係が続いていた。プライベートで人付き合いをしてこなかった私にとっては異例の事態であった。まあ、姉のことについて根掘り葉掘り聞いてくるようなこともなかったので、特に実害はないから、私も受け身ではあるが一緒に出かけるぐらいでは、なんだかんだで腰も重くはならなくなってきていた。

するとある日、私の影響か「キャンプをやってみたい！」と言い始めたのだ。

電話の向こう側の美音はバタバタと忙しそうだ。今からすぐに出勤らしい。

「さすがに閉店作業は抜けさしてもらえると思うので！　そこから下道とばしていき

ます！」

「いや、それは高速道路使えよ」

「高速はまだ怖いんで！」

美音は姉にもらったお金で奨学金を全額返済し、その残りとこつこつ貯めていたらしい貯金で自動車教習所に通い、先日ついに中古の軽自動車を買ったらしい。前にも後ろにも初心者マークを貼り付けているとのこと。

実際のところ、高速道路より夕暮れ時の下道をぶっ飛ばす方がよっぽど危険だと思う。だが、わからなくもない運転免許証取りたてあるあるの心情だったので「安全運転でおいで」と言うだけにとどめた。

「キャンプ場には遅れるって言っておくよ」

キャンプ場はもともと美音がソロでロッジ泊を予約していた。姉や私の話ばかり聞いていたので、美音にとってキャンプは一人でするものだというイメージが強かったらしい。

しかし、私はソロキャンプに挑もうとしている美音を、全力で止めた。

これまでなら、「ソロキャンプ？　そうなの。好きにすれば？」でスルーするところのはずだった。今時女子キャンパーのソロは珍しくもなんともないし、むしろ私はずっとソロだが、それでも止めた。

あの冬の夜の経験は、無意識下で私の行動に影響を与えているらしかった。

だから「だったら、ナッさんとデュオさせてくださいよ」と言われたら話の流れ的に当然断れなかったのだ。

「あ、そういえば、二人に増えたことはキャンプ場に伝えてあるんだよね」

軽く聞いた私の問いで、電話の向こう側の動きが止まった。

「え？　サイトの連絡って、ナッさんがしてくださるんじゃなかったでしたっけ？」

「あれ？　私が連絡しとくって言ったんだっけ？」

「言ってたかどうかは……でも、口ぶり的にそうなのかなと……」

まずい。私はキャンプ場の場所を確認しただけで、ソロからデュオへの変更連絡はしていない。てっきり美音がしてくれるものかと思っていた。

これは確実に私が悪いなと思った。あまりに集団行動を避けてきたので、意思疎通に失敗している。

「ごめんなさい」と平謝りする美音を「いや、ごめんごめん私のせいだよ」となだめ、「じゃあ私が連絡しておくね」「すみませんおねがいします」のやりとりをした後に、通話を切り、急いで美音が予約していたキャンプ場のｗｅｂサイトを検索した。

予約システムが出てきたので、無登録で入ってみる。美音も若者らしくネットで予約をしたと言っていた。宿泊を終えた後、カード決済が自動で行われるらしい。

予約プラン一覧を見ると、ロッジサイトにもテントサイトにもまだまだ余裕があった。シーズンなのに人気ないな、大丈夫かと思いつつも、好都合ではある。二人に増えると言っても断られることはないだろう。

とりあえず安堵すると、せっかくならロッジではなくテントで泊まりたいなというキャンパー欲が湧いてきた。そもそもキャンプ場のロッジは古い設計のものが多く、換気もままならないところもあって好きではないのだ。

試しにメッセージで「私の予備のテントと寝袋貸すから、テント泊にしない？」と美音に送ると、「ほんとですか！　楽しみ！」と返ってきた。しめしめと予約サイトの新規申し込みに進んだ。しかし、当日予約は電話のみである事が判明した。

まだ受付時間には早すぎる。行きしなにゆっくり電話しよう、とおそらく一旦スマホをテーブルに置き……。

そのまま忘れてきたんだろうな。


一人、駐車場で納得した。

どうして「今日に限って」忘れたのではなく、「今日だからこそ」忘れたのだ。

普段かかってこない時間帯に電話がかかってきて、普段さわらない場所でスマホを操作して、普段はしない他人とのやりとりにテンパっていた今日だからこそ忘れたのだ。

詰め直したザックを助手席に放り込み、車に乗り直した。この短時間でも車内温度が上がっており、蒸し暑い。エアコンのダイヤルを乱暴にひねる。

ハンドルに両手を置いて深呼吸をした。

まあ、忘れたものは仕方ない。取りに戻るのは時間がかかりすぎるし、このまま行こう。待ち合わせの相手がいる状況でスマホがないのは痛すぎるが、現地集合だからなんとかなるだろう。人数変更と、ロッジ泊からテント泊への変更も、現地の受付で言えば問題あるまい。カード決済も宿泊の後に請求されるシステムだから、気にしなくても大丈夫なはず。初めて行くキャンプ場で名前も記憶が曖昧だが、走行距離を調べる際に大体の道順は確認したから、多分たどり着けるはず……。

道順だけはやはり不安になり、車のナビを操作する。中古で車を買った際に付いてきた代物なので、かなり古い。最近はスマホの地図アプリをナビ代わりにしているぐらいだ。うろ覚えの市町村を検索すると、見事キャンプ場がヒットしてガッツポーズする。

よし。なんとかなった。

安心すると人は気が大きくなるもので、「案内を開始します」というナビの音声に

「お願いしまーす」と明るく返して車を出発させた。

2

途中で昼食を食べたり、スーパーで買い出しをしたり、気になったカフェを覗いたりしていると、キャンプ場に着くのが16時近くになってしまった。

立地は結構な山奥ではあったが、道路がそれなりに整備されていたので、特に不安なく運転することができた。一部、道が細い区間があって側溝に脱輪する可能性もなくはないが、慎重な美音なら大丈夫だろう。

駐車場に車を止めると、他に二台の車が止まっていた。一台は遠方のナンバー、一台はどうやら地元のナンバーのようだ。管理人のものかもしれない。

遅くなってしまったが、美音は何時に予約していたのだろう。

いつものくせで、チェックアウトの時間は確認していた。たしか、翌日の午前9時か、10時。けっこう早いなと思った記憶がある。だが、予約のプランを見たわけではないので、チェックインの時間は皆目わからない。最悪、お昼過ぎとかだったら、今の段階で大遅刻である。

もしかしたら、遅くなっているからと管理人から美音の番号に電話があったかもしれない。だとしたら申し訳ない。

今さら意味は無いが、心持ち早足でキャンプ場へ進む。

駐車場の途中で古びた看板があった。「白鳥湖キャンプ場」とかすれかけた字で書かれ、キャンプ場の全体図が載っていた。隅にはレトロな白鳥のキャラクターのイラストが添えてあるが、半分変色している。

受付の場所を確認し、ついでにテントサイトを確認する。受付の隣に林のイラストがあり、「林間フリーサイト」と記載があった。ふむふむと目線を進めると、林間フリーサイトの奥に湖が描かれており、水辺を囲うように「湖畔フリーサイト」と書かれていた。

ほう。よいではないか。今日は湖畔キャンプで決まりだ。

表情が緩むのを感じながら駐車場を抜けてキャンプ場を進む。もう夕方と言っていい時間帯だったが、キャンプ場はまだまだ明るい。ロッジがポツポツと並ぶ奥に、ひときわ大きなログハウスがあった。玄関が開いている。あそこが受付だろう。

「すみません」と一声かけながら扉をくぐる。入って右手の古めかしい受付カウンターをのぞき込む。

「ネットで申し込んだ者なんですけれども……」

　すると少し間を置いて、奥から勢いよく男性が出てきた。筋肉質な体格と黒縁メガネがアンバランスだ。私を見てメガネ越しに安堵の表情を浮かべる。

「ああよかった。到着が遅れていたので、心配で……」

「すみません」と頭を下げる。遅くなったのは私がカフェに寄ったりしていたせいだが、「スマホを忘れてしまって……」の一言で片付けることにした。

「あ、どうりで。スマホにも何度かお電話差し上げたんですが、お出にならなかったので。なおさら心配だったんです」

　やはり美音に連絡が行っていたか。しかし、休日出勤の上に、スマホに出る余裕もないとは。美容業界のことはよくわからないが、本当に転職した方がいいんじゃないだろうか。

「申し遅れました。管理人の白鳥です」

　彼はそう付け加えて人なつっこい笑顔を見せた。

「ご心配をおかけして、ほんとすみません」ともう一度頭を下げる私に、彼は軽やかに笑った。

「いえいえ。来てくださっただけで十分です。女性お一人ですしね。不安になられて、来られないのかと思いました」

　そういう女性客もいるのかと思いながら、「そのことなんですけど」と切り出す。

「もう一人、人数が増えてもかまいませんか？　女友達で、多分夜に来ると思うんですけど」

管理人は驚いた表情を浮かべ、すぐに満面の笑顔になった。

「もちろん！　大歓迎です！　ロッジの中は結構広いので大丈夫ですよ。ではさっそくご案内しますね」

「ああ、あとそれもなんですけど」

カウンターを出て、ロッジにうれしそうに案内しようとしている管理人をまた遮って言った。

「申し訳ないんですけど、テントを持ってきていて」

勢いをくじかれた管理人はきょとんとする。

「テントですか」

「はい。二つ持ってきているので、友人と二人で、湖畔サイトでお世話になってもいいですか？」

「ああ、湖畔サイトで……。湖を見ながらと言うことですね……。まあ、その、可能というか、できなくはないですけど……」

管理人の困ったような反応を見て、今日何度目かの自分のやらかしに気づく。

いつもテント泊ばかりで失念していたが、ロッジ泊ならば、ベッドメーキングなどの下準備があったのかもしれない。

もっと言えば、確認していなかったが、美音はグランピングよろしく食材つきのコースを予約していた可能性まである。確か予約サイトにそんなプランがあったはずだ。

その疑念は管理人の次の言葉で確信に変わった。

「では、お夕食も別でご用意に？」

これはさすがに悪すぎる。「やっぱりいいです」と撤回しようとしたところで、管理人は「まあ、いいでしょう！」とまた笑顔を作った。

「確かに、景色は大切ですもんね。湖を見ながら、ご友人とお好きなお料理を食べてすごすのもきっと素敵ですよ」

「いいんですか？　その、食材費とか……」

「いいんです。いいんです。そんなこと。どちらにせよ、ご友人の分は用意していませんでしたし」

管理人は爽やかに笑う。

「お二人とは別に、もう一人いらっしゃっている方がいますので、その方のお食事を豪華にさせていただきます」

あまりの好対応に、管理人の笑顔をまじまじと見つめる。

管理人には苦い思い出があるので、キャンプ場では管理人を一際、注意して観察するようにしている。しかし、メガネの奥でにっこりと微笑む管理人からは下心も悪意のかけらも見いだせなかった。実に自然な笑顔だった。

「すみません。お世話になります」

「いいえ。いいえ。お時間まで自由に楽しんでください」

そうだそうだ。チェックアウトの時間を確認しておかなければ。

「ありがとうございます。10時でしたっけ？」

「いいえ、9時ですよ。お時間になりましたら、お声がけしますね」

チェックアウトは午前9時か。明日の朝は比較的急がないと。

荷物を運ぶのを手伝おうという管理人の申し出を笑顔で固辞して、受付を出る。

やれやれ。ご厚意に甘える形で迷惑をかけてしまった。反省だ。

今日はミスが多くてなんとも気分が落ちる。

しかし、せっかくのキャンプに来ているのだ。気を取り直して楽しむことにしよう。

3

荷物を運び出す前に、湖畔フリーサイトを確認しておくことにした。若干薄暗くなりかけていたので、足早に林を抜ける。道中、道ばたに落ちている木々を薪にしようと拾っては小脇に抱える。

　このキャンプ場、やはり、はやってはいないのだろう。道の至る所に枯れ木が散乱している。木々の間から湖畔が覗いた頃には、両手が薪で塞がってしまっていた。

　林を完全に抜けると、小さな広場に出た。林に囲まれた湖畔の周りで、唯一の開けた場所のようだ。天然の芝生が湖へと続いており、木々に囲まれた湖が一望できた。ちょうど夕日が差し、木々の影が落ちる水面に赤く映り込んでいた。

　素晴らしい。この景色を貸し切りか。

　一旦薪を置き、首に掛けた一眼レフで数枚撮影する。この距離から撮ると、脇の木々が水面を狭めてしまう。もっと近距離で撮ろうと、水際に近づいたところで、びくりと体の動きが止まった。

　人がいる。

　男はこちらに背を向け、水辺でぼうっと水面を見ていた。水辺の端の方にたたずんでいたので、木々の陰に隠れてしまっていて、間近に近づくまで気がつかなかった。

　不覚にも近づきすぎてしまっていたため、素通りもできないと判断し、「あ、こんにちは……」と声をかける。男がゆっくりと振り返った。

　……変だ。

こちらを向いた男を見た瞬間、違和感が湧き上がった。

別に服装はおかしくない。ジーンズにTシャツの、自分と大差ない格好だ。顔もどこにでもいるような顔つき。三十代後半だろうか。170センチ前後の背丈。髪形もよく見るような特徴のない短髪だ。ただ、目つきがおかしい。焦点が合っていないわけではない。むしろ明確な意思を持った目で、私をまじまじと観察していた。

反射的に右足を半歩後ろに下げた。ぱっと手が届く間合いではないが、背中を向けて躱せる距離でもない。腕同士で絡んだり、後ろから組み敷かれたりしたら体重差で押さえ込まれる。引いたら終わりだ。左足に体重を移し、いつでも中段蹴りを打ち出せる体勢に入る。

男は「……こんにちは」とぼそりとつぶやいた。

私を上から下までなめるように見終わり、ようやく再び顔に視線を戻すと、また覇気のない声で「暗くなってきたね」と続けた。

「……そうですね」

「ロッジ、一緒にもどろっか」

ぞくりと、背筋に寒気を感じながら、首を横にふる。

「いえ、私はテント泊ですので」

「え、どこで？」

「それは」

私はあえて男の目をまっすぐ見つめた。

「このあと決めます。あなたが戻った後に。自分で」

数秒の沈黙が二人の間に流れる。

私の右手は一眼レフのストラップを握りしめていた。男が襲いかかる気配を見せた瞬間に左脇に抱えた薪を投げつけ、一眼レフを顔めがけて振りかぶる。当たらなくてもよい。視線をそらした瞬間に腹部に蹴りを決める。左手で尻ポケットの折りたたみナイフを抜き取る動きも脳内でシミュレートした。

「あっそ」

男はそれだけ言うと横を向き、私を迂回するようによけてロッジの方に歩いて行った。私は常に男の方に正面が向くように体を回転させながら視線をそらさない。

完全に男の姿が見えなった瞬間、無意識に止めていた息を一気に吐き出した。力の抜けた右手から一眼レフがゴトリと滑り落ちた。しばらくそれを見つめた後、ゆっくりと拾い上げながら苦笑した。

キャンプ場でナンパなんてよくあることじゃないか。気にしすぎだ。

一眼レフを拾う手のひらが汗で湿っていた。

嫌な話だ。あんなことそう何度も起こることではないと頭ではわかってはいるのに、ふとした瞬間に体が警戒態勢に入る。

私は、無意識下で、確実に今でもあの夜の恐怖にとらわれている。

4

気を取り直して湖の周りを探索した。

まず、野原の一角に古い倉庫があった。中を覗くと、古びたライフジャケットが乱雑に並べてあった。昔はボートの教室でもしていたのだろうか。広い倉庫だったが、船自体は見つからなかった。

次に湖の周りを歩いた。湖の周辺は、ロッジに近い方こそ開けた野原になっているが、湖に沿って進めば進むほど木々が増え、うっそうとした小道になってきた。

半周ほど進むと、もう木々で日の光もほとんど届かず、少しでも道を外れると迷いそうだ。しかも木々は湖の際まで生い茂ってきて、水面もほとんど隠れてしまっている。ここらはテントを張る空間としては想定されていないのだろう。

さすがに前方も見えにくくなってきたので引き返そうかと考え始めた頃に、比較的開けた空間に出た。

縦に5メートル横に3メートルほどの長方形の空き地が小道と湖の間に挟まっていた。その範囲は水際に木は生えておらず、そこから湖が一望できた。

なぜここだけ開かれているのか不思議だったが、水際をのぞきに行くとすぐに理由はわかった。水面に古びたボートが一艘、切り株につながれて浮かんでいたのだ。どうやらここはボート乗り場だったらしい。ただ、ボートとロープの傷み具合から、恐らく久しく使われてはいないのだろう。

改めて空き地を見回す。地面は水平に整地されている。所々木の根が這っているが、テントを張れないほどではない。むしろ木の根のおかげである程度の硬さもある。チェアの足の沈み込みも少ないだろう。

スペースに関しては、私のソロ用テントを二つ張っても、テントをぎりぎりまで小道側に寄せれば、水際の間近にはなるが、たき火の場所は確保できるだろう。あとは駐車場から遠いのが一番のネックで、荷物を運ぶのがかなり手間だ。だがまあ、一人でも二往復もすれば運べる量だし、帰りには美音もいる。

よし。ここだ。ここをキャンプ地とする。

そうと決まれば完全に暗くなるまで荷物を運び込もう。小道に背を向け、湖に体を向けた状態で一旦、薪をバラバラと地面に置き、手頃な切り株に一眼レフを置く。

さあ行こうと踵を返そうとしたちょうどその時、

パキッ
小枝を踏む音が真後ろで響いた。

後ろの小道に誰かいる。

首筋に寒気が走る。その肩越しに感じるその気配は、すっとキャンプ地に入り、直線距離でまっすぐ私に向かってきた。

先ほどの恐怖心が瞬時にぶり返す。

私は、振り向きざまに後ろの人物に向かってがむしゃらに正拳突きを放った。完全に反射的な行動だったので、何の判断も下してはいない。勝手に体が動いた。だから、後ろにいたのがさっきの男ではなく、黒縁メガネの管理人、白鳥だと気づいた時にはもう拳は止まらなかった。驚いた顔の管理人の顔面に腰のひねりが加わった右の拳が吸い込まれていく。

パシッ
拳が止まった。相変わらず驚きの表情を浮かべる管理人の鼻先で、私の拳は動きを止めていた。管理人は左の手のひらでキャッチした私の拳と、上段正拳突きの基本姿勢で「やってしまった」という表情を浮かべているであろう私を何度か見比べたあと、

「す、すいません!」

と慌てて私の右手を離してあとずさった。私も即座に気をつけの姿勢になり、「こ

ちらこそすみません！」と頭を下げた。

「いえ、僕が悪いんです。こんな薄暗い中、背後から近づくから……すみません」

「いえいえ、いきなり殴りつける私が完全におかしいんです！　すみません！」

「お声がけしてから近づくべきでした……すみません」

「いえ、私が神経質なんです……すみません」

すみませんの大安売りが始まってしまった。管理人は叱られた後の犬のようにしゅんと、がたいのいい体を縮めて落ち込んでいる。

このままでは、管理人は何も言わずにうなだれて帰って行きそうだったので、「えっと、すみませんあの……」と私から会話を進める。

「どういったご用件だったんですか？」

管理人は気を取り直そうとしたのか、黒縁メガネをくいっとやった。

「あ、はい。お連れ様はいつ頃こられるのかなと……あと、どこにテントを張られるのかを確認させていただこうと思いまして。受付でお連れ様にお伝えも出来るので」

なるほど。それはご親切なことだ。

「ごめんなさい。もうちょっと到着にかかりそうなんです。スマホがないので、正確な時間はわからなくて」

管理人は「ああそうでしたね」とうなずくと、辺りを見回した。

「ここに張るんですか？」

「あ、はい。眺めもいいので」

「でも、荷物を運ぶのが大変でしょう……やっぱり運ぶのを手伝わせてください」

断ろうか迷った。あまり他人に大事なキャンプギアを預けるのは好きではない。

だが、人手がほしいのは確かだし、彼なら大事に扱ってくれそうだ。それに私の過敏な行動のせいで出来た気まずい空気はどうにか払拭したかった。

「……ありがとうございます。お願いします」

距離が縮まったと感じたのか、管理人白鳥は嬉しそうに笑顔になった。

「では行きましょう！」

5

管理人白鳥がずんずん小道を進む。その背中を見ながら後ろをついて行く。

「先ほどの突きは見事でしたね。空手ですか？」

管理人が前を向いたまま肩越しに聞いてくる。

「あ、はい。最近、護身用に始めて」

事実だ。例の事件以降、護身の必要性を強く感じ、近所の空手教室に何度か足を運んだ。その教室自体は半分健康体操のようなゆるい所だったが、ある程度イメージを掴んだあと、もう少し本格的に護身術を扱っている教室を紹介してもらった。その教室は隣町だったので、週に一度ぐらいの頻度ではあるが、半年ほどは通っている。加えて、仕事場に近いジムでキックボクシングも習い始めた。世辞も入っているだろうが、コーチに「筋がいいねえ～闘争心がある！」とよく褒められる。

「そうですか！　僕もちょっとかじってましてね。剣道と柔道に関しては段位も持ってますよ」

どうりで、全力の拳をやすやすと受け止められたわけだ。格闘技の有段者からしたら、始めて半年の正拳突きなどずいぶん遅く見えた事だろう。

湖の周りの林を抜けて、湖畔が一望できる開けた天然の芝生に出る。夕日はほとんど没してしまっており、わずかにオレンジの光が水面に美しく映っていた。

「いいキャンプ場ですね」

素直に感想が出た。

世辞ではないのが伝わったのだろう。「ありがとうございます」と管理人はうれしそうに笑った。

「この湖は僕も大好きで、子どもの頃はよく遊びました」

「あ、そんな昔から」

「はい。このキャンプ場は両親が造ったんです」

芝生を抜ける次は林間フリーサイトを突っ切る形になる。外灯などが一切ないため、林に入ると木々の影で足下はもうほとんど見えない。じきに真っ暗になるだろう。帰りはランタンを付ける必要がありそうだ。

「少し急ぎましょうか」

管理人は気持ち早足になりながら、話を続けた。

「大きいでしょう。このキャンプ場。バブル経済の終わりの終わりに出来たんです。その頃は僕もまだ物心ついていませんでしたが、出来た当初は、それはもう繁盛していたそうで。足で漕ぐ白鳥形のボート、見たことあるでしょう。あのスワンボートが湖にたくさんうかんでたんですよ」

そういえば、キャンプ場の名前も「白鳥湖キャンプ場」だったか。そう言うと、管理人は前を向いたまま頷いた。

「白鳥湖という湖の名前は繁殖の時期によく白鳥が来ることにちなんでいたそうですが、なんにせよそんな名前だから父が張り切ってたくさん白鳥のボートを仕入れて、キャンプ場の売りにしていたそうです。カップルを中心に大賑わいだったらしいですよ。ライフジャケットもたくさん買って、ボート教室を開こうとしていた時期もありました」

林を抜け、煌々と明かりが漏れるロッジを横切る。

「ですが、僕が中学生の時、事故が起こりまして」

管理人は一瞬だけ私を振り返って続けた。

「年頃の女の子が一人、湖で泳ごうとしたみたいで。浅いところなら全く問題なかったんですが、湖の中心でボートから飛び込んじゃったらしいんですね。あの湖、すり鉢状になっていて、中心はかなり深いんですよ。しかも絡まりやすい水草が底の方にびっしり生えているみたいで。一度絡まったら自力ではなかなかぬけられないそうです」

「亡くなったんですか」

「残念ながら」

管理人がまたメガネをクイっとやったのが後姿からもわかった。

「いつまでたっても上がってこない女の子を見て、ボートに残っていた彼氏さんが大騒ぎして事故が発覚しまして。そのボートがあったその一帯を捜索隊が懸命に捜したそうです。しかし、水草と藻にからまった彼女はまったく浮かんでこず、遺体を発見するのにも丸一日かかったそうです。もし彼氏さんがいなかったら、誰にも気づかれず、発見されず、今日まできたでしょうね」

そこまで聞いて、私の脳裏にすっと浮かんだのは美音の姉、岸本あかりだった。誰にも知られず、気づかれず、捜されず、遺体すらいまだ発見されていない。人間は条件さえそろえば、本当に、いとも簡単に、存在が消えてしまう。

「お察しの通り、そこから客足は途絶えました。田舎ですからね。スキャンダルは一気に広まります。加えて、当時のキャンプブームも過ぎたことで、遠方からの客も望めなくなった。そしたらこんな山奥、誰も来ません。当然、経営難に陥り、スワンボートは二束三文で一艘残らず売り払われてしまいました。今では古びた手漕ぎボートと、僕の趣味のモーターボートが一艘あるだけです」

駐車場に戻ってきた。道沿いなのもあってか、電柱に設置された電灯が一つあり、三台の車と、例の古びた「白鳥湖キャンプ場」の看板を照らしている。

愛車のミニクーパーに向かいながら、改めて看板に目をやる。時代を感じさせる白鳥キャラクターが、相も変わらずおどけたポーズを決めていた。あんたも苦労したのね。

「そこから細々と経営していたんですが、数年前に両親が他界し、僕がキャンプ場を引き継いだというわけです」

ここまで軽く相槌を打つにとどめていたが、話が一段落ついたようなので、一言いりそうだ。逡巡したあげく、「大変でしたね」とだけつぶやくのにとどめた。

ジーンズのポケットに入れておいた鍵を操作して車のトランクを開ける。管理人は率先して一番重いカゴ二つを持ってくれた。私も助手席のザックを背負い、クーラーボックスを持つ。どうやら一回で全て運べそうだ。ありがたい。

　車の鍵を閉めると、ザックの肩紐に付けているぶら下げたLEDライトを点灯させ、今度は私が前を歩く。ライトの角度を調整して足下を照らす。

「今日は何を召し上がる予定なんですか？」

　管理人が明るいトーンで話題を変えた。

「えっと……唐揚げを」

「唐揚げ！　キャンプ場で揚げ物ですか。上級者ですね」

「……友人が好きだそうで」

「それはいい！　僕も海釣りに行った際は釣れた小魚をその場で天ぷらにすることがありますが、最高ですよね！　なんで外で食べる揚げ物はあんなに美味しいんでしょう！」

　暗い山道を歩きながらも、管理人の賑やかな笑い声で周囲が明るくなったような錯覚を覚える。クラスに一人はいるよな。こういう無条件に明るい男子。きっと友達も多いのだろう。

　他愛のない会話をしていると、旧ボート乗り場に到着した。荷物を隅に置いてもらう。

「設営も手伝いましょう！　同じタイプのテントを持っているので、任せてください！」

そう言って胸を張る管理人の申し出は、今度こそ固辞した。私のキャンプタイムは神聖なものだ。美音が来るまでは一人を満喫したい。

ぴしゃりと断られた彼は「そうですか……」とまた目に見えてしゅんとなった。だめだ。どうにもこの顔には弱い。

「あ、じゃあ、テントだけ……」

彼の顔が途端にぱあっと明るくなる。

「はい！」と元気に返事をして、彼は鼻歌を歌いながら美音の分のテントを組み立て始める。私はたき火の準備をしながらも、人にキャンプギアを預けたことなどないから、ドギマギしながら様子をチラ見していた。が、彼はテキパキ動きながらも、ギアを触る際は細心の注意を払ってくれているようだ。

なんだかんだで、私が焚き火台に火を入れた頃には、管理人はテント二つと椅子まで組み立ててしまっていた。ギアの組み立ては私の楽しみとしているところでもあったので、複雑な気分ではあったが、「やっぱこのブランドのローチェアいいなー。僕も買おうかな。でももう椅子いっぱい持ってるんだよなー」とにこにこと椅子の配置を調整している彼を見ると、不思議と「まあいいか」という気持ちにさせられた。

「ありがとうございました。組み立てまでお世話になってしまって」

「いえいえ。テント設営は最近していなかったので、楽しかったです」

彼ははにかんだ笑顔を見せた。

「では、ロッジの石田さんのお料理の準備もありますし、そろそろ失礼いたします」

先ほどの男のことだろう。石田というのか。

「ほんとありがとうございました。お忙しいのに荷物まで運んでいただいて」

と改めて礼を言う。

「いいえ。お連れ様がいらしたら、こちらにご案内しますね」

「すみません。お手数をおかけします」

「とんでもありません。では、お時間までどうぞゆっくりお過ごしください」

大柄な体をぺこりとさせて、管理人白鳥は暗い道を戻っていった。さすがに見えづらかったのか、途中でスマホのライトを点けたようで、木々の間から白い光がわずかに見える。

湖に背を向けて椅子に座り、その光が遠ざかっていくのを見ながらため息をつく。

一人でキャンプを楽しむのがモットーの私が、どうしてあそこまで距離をつめられてしまったのか。

あの屈託のない笑顔で提案されると断りづらいし、子犬のように落ち込まれるとどうにかしてあげたくなってしまう。いつもはこんなことはないのだ。どれだけ情に訴えられてもにべもなく断るのが本来の私ではないのか。

美音についてもそうだ。この私が誰かとキャンプをしようとするなど。この私がテントを人に貸そうとするなど。あげくの果てに今日会ったばかりの人間にキャンプギアを預けるなど。一体どうしてしまったのか。

たき火に目を戻し、手頃な薪を追加して火を強める。

美音に関してはわかっている。彼女の姉の存在がちらつくのだ。

美音の姉の岸本あかりは私の恩人だ。取引の末ではあったとはいえ、彼女がいなければ（厳密には彼女はすでにいなかったのだが）私もこの世にはいなかっただろう。そんなあかりの存在がちらついて、どうも美音の誘いや提案は断りづらいのだ。

あかりが美音の言う「友だち」であったかは定かではない。あかりのことはほとんど何も知らない。

むしろ美音の事の方がよく知っている。美容師の卵で、ノリがよく、社交的で、気遣いも出来る。節約家で、外食も自分一人では滅多にしないが、人とのつながりは大切にする。好きな食べ物は唐揚げ。

クーラーボックスから朝のうちに仕込んでおいた袋を取り出す。タレに漬けこんだ鶏モモ肉が入っている。

普段の一人のキャンプではここまで手の込んだことはしない。せいぜい肉と付け合わせを焼くくらいだ。何を張り切っているのだろう。

なんだかんだ、今日を楽しみにしていたのだろうか。私は。

6

鶏肉に片栗粉をまぶした後、手を軽く水辺で洗う。湖がここまで近いとこんな利点があるのかと少しテンションが上がる。

真っ暗で見えないが、湖の奥から鳥の鳴き声が聞こえた。白鳥がいるかどうかは時期的にわからないが、朝になれば、何かしらの野鳥の姿は見ることができるだろう。早起きして、是非、一眼レフに収めさせていただこう。

洗った手を一応アルコールティッシュでも消毒する。直接触ってはいないが生肉は怖い。念には念を入れよ、だ。

再び椅子に座り込む。管理人が絶賛していたこの椅子は、地面に直接腰を下ろすのと大差のないぐらいに座面が低いローチェアである。沈み込むように座れるのでお気に入りだ。やろうと思えば椅子の上であぐらだってかける。その分、立ち上がるのは億劫で、作業もしやすいとはいえないが。

調理を続ける。少し迷ったが、揚げ油はたき火ではなく、火力を手軽に変えられる小型コンロで温めることにした。揚げ物をする際、火加減の調節が命である。

スキレットにサラダ油を注ぎ、たき火の側に設置したローテーブルの上の小型コンロにセットし、点火する。油が熱されるのを眺めながら、また考える。

美音の事はいいとして、あの管理人だ。初対面のあの管理人にどうしてああまで距離を詰められてしまったのか。これまでなかったことだ。

職場でも、同僚とは適度な距離を保つことを意識している。嫌われない程度に、でも気軽に声を掛けられるほどの間柄にならぬように。いつも言動には気を配っている。

その反動もあってか、ソロキャンプの時は極限まで他人を遠ざけるのが常だ。当たり前だ。人付き合いのしがらみが嫌で山奥に引きこもろうとしているのだから。私はそもそも人が嫌いなのだ。そのガードはかなり堅いはずだ。

しかし、美音に続いて今日の管理人白鳥までも易々と私の壁を乗り越えようとしてきている。

なぜ、白鳥の笑顔に押されるのだろうか。なぜ、落ち込んだ顔を見るとどうにかしなければと思ってしまうのだろうか。

私はローチェアの上で膝を抱え、額に手を置いた。

わかっている。「彼」に似ているのだ。

あのメガネの奥の無邪気な笑顔が、あの失敗した後の落ち込んだ犬のような表情が、うれしくなったときのあの仕草が。

どうしようもなく「彼」を思い出させる。

スキレットの油がしゅわしゅわと音を立てる。よい温度になったようだ。もう揚げ始めてしまってもいいだろうか。私も空腹を感じ始めてきた。

チラリと腕時計を確認する。午後7時になろうかという時間だった。そろそろ美音が着いてもいい時間なんだが。

一旦コンロの火を止めて、立ち上がってロッジの方向に首を伸ばす。角度によっては、木々の間からわずかにロッジの明かりが見える。誰かが来る気配はない。まだのようだ。

そのまま湖の方に顔をやる。わずかな風で水面が揺れているのか、耳をすますと、かすかに波音のような音が聞こえる。近づくと若干水面も揺れている。

真っ暗な湖の方をしばらく眺めていると、目が慣れてきたのか、月明かりでぼやっと湖畔全体が見えてきた。人の気配が全くない湖は、なんとも神秘的な雰囲気である。

管理人の昔話を思い出した。湖の真ん中で溺れ死んだ女の子。

きっと水に入る数秒前までは楽しかったのだろう。もしかしたら、水中で泳いでしばらくもはしゃいでいたのかもしれない。でも、足に水草が絡んだ瞬間の、その焦りはいかほどであったであろうか。

怖かっただろう。苦しかっただろう。

そもそもボートにいたという彼氏はなぜ助けに飛び込まなかったのだろうか。もちろん、彼氏に助けられたとは思えない。二次災害にしかならなかっただろう。だから、結果的にボートにとどまったのは正解だったのだろう。しかし、恋人が目の前で溺れたかもしれないと思ったら、大騒ぎする前に、自分で助けに行くものではないだろうか。

彼女の死は、本当に事故死だったのだろうか。

そこまで考えて、私は苦笑して首を振った。

またこんなことを考えている。彼女の死は何年前だと思っているのだ。私が考える事ではない。無関係だ。

ため息をついてチェアに沈み込む。湖を背にぎしりと体重をかけ、体を伸ばす。

お腹も本格的に減ってきた。もう揚げ始めよう。美音も流石にそろそろ来る頃だろうし、美音の分は取り分けておいてやればいい。もし冷めてしまったら揚げ直しも出来る。

そう思って、コンロを再点火した時、ふと、今日何度目かの気配を前方に感じた。

美音か？　ナイスタイミングだ。そう思って顔を上げた私は面食らった。

女の子が立っていた。

美音と同年代くらいの細身の女の子だ。でも、美音では、ない。

長い黒髪は濡れそぼち、土気色の顔に張り付いており、目元がよく見えない。土汚れのついた赤いワンピースからは水がしたたり落ちている。足は裸足で、暗闇の中に青白い肌が際立つ。

彼女はしばらく小道に立ってぼうっとたき火に顔を向けていた。そして、そのわずかにうつむいた状態のまま、にこりともしないで言った。

「あたらせて……もらっても、いいですか？」

私は思った。


おい、またか。

7

二十歳までに幽霊を見なければ、一生見ることはないと言っていた小学校のクラスの誰か。名前忘れたけど、お前嘘つきだぞ。がっつり成人してから、見るの二回目なんですけど。

件の人生二回目の心霊現象は、現在、私とたき火を挟むようにして、美音の座るはずだったチェアに座り込んでいる。髪から、顔からしたたり落ちる水滴がチェアの布地に吸い込まれていく。

あの水滴、この子が消えた後に一緒に消えてくれるのだろうか。でも、タクシー運転手の怪談とかでは、大体後部座席のシートだけ濡れたまんまなんだよなあ。普通に嫌だなあ。

彼女は何を言うでもなく、ぼうっとたき火を見つめている。目の焦点が合っていない。私、霊感とかないはずなんだけどな。岸本あかりの時みたいに、やはり相性みたいなものがあるんだろうか。一回見るとその後、引き寄せやすくなる的なあれもあるのかもしれない。

彼女ががくんとうつむく。うなだれたと言ってもいい。濡れた髪がバサリと彼女の青白い顔の前に落ちてきて、ボタボタと水が落ちる。

もし私に霊感が生まれたのだとしたら、今後、こんな感じでレパートリー豊かな亡霊がどんどん登場するんだろうか。勘弁してほしい。

うなだれた彼女の細い肩が小刻みに震え始めた。

え、なになに怖いんですけど。

「うう……う……ううう」

薄手の赤いワンピースから若干はだけた青白い両肩が、次第にガクガクと大きく揺れ始めた。頭が更に下がり、投げ出された黒髪が地面につこうとする。

「ああ……うう……」

ちょ、ええ、もうなに？

困惑して座ったまま身を反らし、椅子ごと後ろに下がろうした私は、背後がすぐに湖であることを思い出した。下がれない。

「うう……うあ……うああ」

彼女は一際大きく揺れ、ぐわっとすさまじい勢いで状態が起き上がり、がっと上を見上げたかと思うと

「うわああああああああああん！！！」

泣いた。

「ふぐ、うう、うぐっ……うわあああああああああああん！」

「ちょ、あの」

「うわあああああああああああん!!」

「その、ちょ、うるさい……」

「うあ、うわう、うわあああああああああああああああん！」

「うるせええ！」

思わず立ち上がって、たき火を避けながら身を乗り出し、思いっきり彼女の頬をビンタした。

パアアン！　と乾いた音が湖に響き渡る。

彼女は90度顔を横に向けられ、沈黙した。

物理、効くんだ。

彼女は左手をすっと、張られた頬に当て、ゆっくりと首を戻し、こちらを向いた。

信じられないといった表情で私を見つめる。

私はその顔をたき火越しに見下ろしながら、もう一度静かに言った。

「うるさい」

彼女は私を数秒見つめ、

「……ごめんなさい」

とつぶやくと肩を落としてうつむいた。

よし。静かになった。

幽霊なんて正直今さら全然興味もないし、ぶっちゃけ迷惑だが、見えるものは仕方ない。不本意ではあるが、今後も見ることがあるのかもしれないし、見えても気にしない姿勢を身につけよう。

スキレットの油をこぼさないように気をつけながら、慎重に席に戻る。見ると、油が再びシュワシュワと底から気泡を出していた。よしよし。

「あの、その、急に大声だして、ごめんなさい……」

ザックを引き寄せ、入れておいたはずの調理用の温度計を探る。

「えっと……その、反省……してます」

見つけた。温度計の測定部分を油に付ける。すぐに針が動き始め、180度の付近で止まる。よし。ベストだ。

「えっと……あのお……」

片栗粉をまぶした鶏肉を一枚ずつ油に投入する。衣は小麦粉でもいいのだが、より多くのでん粉を含んでいる片栗粉の方がカリッと仕上がる。

「あの、ねえ……ひぐっ……ねえったら」

油の量もポイントだ。今回は油を鶏肉が半分浸かるほどの量に調整している。完全に沈まないので少なく見えるかもしれないが、キャンプにおいて油が多いと処理に困る。むしろ適度にひっくり返しながら揚げることで衣に空気を含み、よりサクサクに……。

「無視しないでよ！」

またうるさくなってきたな。

私が舌打ちをして目を上げると、彼女は半べそをかいて目をこすり、しゃくり上げていた。

「……無視しないで……」

私はため息をついてチェアの背もたれに沈み込む。どうしてこうも幽霊というやつはしゃべりたがるんだろうか。

「なに？」

「え」

「え、じゃないわよ。そっちが話しかけてきたんでしょうが」

唐揚げをひっくり返す。スキレットには用意した鶏肉の半量しか入らなかった。二回に分けて揚げることにしよう。

「いや、その……私がここにいる……理由的な……」

「興味ない」

「……ええ……」

彼女はショックを受けたようで、またうつむいた。「そういう感じかあ……」とつぶやいている。

なんでこいつら幽霊は自分の話に興味を持ってもらえると思っているんだろうか。初対面の他人の人生のいきさつなど、誰が知りたいと思うというのか。幽霊だろうが怨霊だろうが、結局は全部他人事だ。私には関係ない。

そこで会話は途切れ、たき火が爆ぜる音と、唐揚げが揚がる音だけが響いた。

唐揚げの第一陣が香ばしい色に仕上がってきたので、バットに上げていく。あとは余熱で火が通るだろう。

彼女はその様子を眺めながらも、話をしたそうにちらちらと視線を送ってくる。残りの鶏肉を油に投入したところで、「あの、お名前は……」と聞かれた。

「斉藤ナツ」

ふうん、と言うふうに彼女は頷いた。

「じゃあ、なっちゃんですね」

ああ？

私が思わず睨み付けたことに彼女は気づかなかったようで、

「私はさなこです。藤原紗奈子。さっちゃんって呼んでくれていいですよ」

と急に明るく自己紹介してきた。会話が進んでうれしかったのだろうか。しかし、私は長時間話したいとは思わない。さっさと話したいことを話して、どこかに消えてほしい。

今回もあえてしゃべらせるか。そうすればいなくなるだろ。

「じゃあ、話しなよ」

「え？」

私は唐揚げをひっくり返しながらため息をついた。

「どうせ思い残しでもあるんでしょ？」

紗奈子は一瞬押し黙ったかと思うと、身を乗り出し、ぼろぼろ涙をこぼしながら叫んだ。

「そ、そんなの、あるに決まってるでしょ！　思い残しがない人なんているわけないじゃん!!」

情緒不安定か。また泣き叫びそうな勢いだったので、牽制で睨み付けると、紗奈子は口をつぐみ、腰を戻した。「あなただってそうでしょ」とぼそりとつぶやき、涙が一筋ポトリと落ちた。

まるで私も死んだかのような言い草だなと思いながら、唐揚げをバットに上げていく。全て移し終えると、コンロの火を止めた。

紗奈子はワンピースの裾を握りしめてまた少ししゃくりあげていた。

バットの唐揚げを見る。前半に揚げた分は、もう余熱も十分に通っただろう。

「唐揚げ、食べる？」

幽霊に対し、冗談で言うと、

「……食べます」

と返ってきた。

食べられるんだ。

8

唐揚げは、自分で言うのも何だが、絶品だった。

サクサクの衣、ほどよい弾力の鶏肉、噛むとあふれる肉汁。味付けもいい。ニンニク醤油ベースのタレがよくなじんでくれたようだ。さっと肉を焼くだけといったキャンプもいいが、こういった手間のかかった料理を野外で食べるのも乙でいいな。またやろう。

前を見ると、紗奈子も渡した紙皿に次々と唐揚げを確保しては、一心不乱にもりもりと頬張っている。腹が減っていたのだろうか。てか、幽霊にも食欲とかあるのか。

「おいしい？」

そう聞くと、「味付けがちょっと薄いですね」と返ってきた。

もう一発ビンタを打ち込もうか迷ったが、味覚の差は仕方あるまいと考え直し、ザックから調味料用のポーチを取り出した。確か、小瓶に分けた醤油が入っていたはずだ。ポーチを開けて醤油の小瓶を取り出す。半分ほど残っていた。

それを見て、一瞬動きを止める。待てよ。この醤油、結構前に入れたきりだけど大丈夫か？

一応常温保存可の種類を選んではいるはずだが、最近、暑くなってきた。他の香辛料などとは違い、キャンプ先で醤油は滅多に使わないため、以前使ったのがいつだったか思い出せない。腐っていたりするのだろうか。

よし。試してみよう。

「はい」と小瓶を紗奈子に差し出す。

「あ、どうも」と紗奈子は受け取り、小瓶の蓋を開けた瞬間、「ん！」と眉をひそめ、口元を押さえた。

あ、やっぱ腐ってたか。

てか、嗅覚あるんだ。

「……やっぱり、このままでいいです」

そう言って眉をひそめながら小瓶を閉める紗奈子を見ていると流石にちょっと申し訳なくなり、「ほれ」と今度は岩塩の入った小瓶を投げた。これは今朝詰めたものだから問題あるまい。

紗奈子は空中で受け取り損ね、小瓶は手のひらからこぼれ、紗奈子の膝の上にぽとりと落ちた。

紗奈子はそれを慌てる様子もなく拾い上げる。ものをキャッチできないなどいつものことなのだろう。蓋を開けて、恐る恐る中身を嗅ぐ。

「あ、これは大丈夫です」

紗奈子はそう言うと、うれしそうに自分の取り皿の唐揚げに塩をまぶし始めた。

思いのほか、この幽霊が食うもんだから、美音の分がなくなってしまいそうだ。念のため多めに作っているから、完全になくなることはないだろうが、ぱっと見で量が少ないと美音も悲しいだろう。

ということで、副菜をもう一品作っておくことにした。トマトと生バジルとモッツァレラを買っておいたので、カプレーゼを作っておこう。第一印象の見栄えは大切である。

私がまな板とトマトを取り出すと、紗奈子が「やったあ。二品目だ」といった表情で音もなく拍手をした。

いや、これは上げないよ。図々しいね君。

私はトマトをまな板の上に置くと、尻ポケットから折りたたみナイフを取り出し、トマトを両断した。へたを取り、できるだけ薄く切り分けていく。

「いいナイフですね。かっこいい」

紗奈子が私の手元を見つめている。このナイフは使い始めて半年になる。以前の愛用ナイフを山で紛失したのをきっかけに購入した。折りたたみ式なので、薪割りなどには使えないが、すっぽりと手のひらに収まるサイズ感が気に入っている。

「私も持ってるんですよ」

紗奈子はごそごそとワンピースの腰回りを探り始めた。見た目からはわからないが、どうやらワンピースの折り目の間にポケットがあるらしい。そこからメダルのようなものを取り出し、「はい」と手のひらにのせて見せてくれた。

たき火の明かりのそばで見ると、プラスチック製のキーホルダーのようだった。メダルを二枚重ねて分厚くしたような形状になっている。表にはひよこのキャラクターがいるが、少々古びているようで、所々塗装がはげている。

「小学生の時にもらった文房具セット？　救急セット？　に入ってて、中学生頃からずっとポケットに入れてたんです」

紗奈子がキーホルダーの上下の円盤を逆方向にずらすと、カチリと2センチほどの刃が出てきた。確かに、これもナイフと言えなくはないか。

紗奈子はまたカチリと刃をしまうと、「お守りだったんです」とまた大事そうにポケットにしまった。

お守りと言うからには、護身用か。

しかし、そんなおもちゃでは武器にはなるまいと一瞬考えたが、たき火に照らされた紗奈子の手首に無数の傷痕があるのに気がついた。比較的新しい治りかけの傷もあれば、古傷のようになっているのもある。

なるほど。自分用か。

「いつでも終わらせられるって思えば、少しだけ楽になれたので」

そういう考え方もあるのだろう。人生のつらさは人それぞれだし、その緩和方法も人の数だけあるのだろう。こういう場合の返答は、軽く肯定するぐらいにとどめておく方がいい。

「わからないわね」

しかし、私の口から吐き捨てるように出たのは、そんな全く反対の言葉だった。

「そういう逃げ腰の姿勢、一番嫌い」

紗奈子がむっとしたのがわかる。当然だ。しかし、私の口は止まらなかった。

「現状を解決せず、現実逃避して、相手に立ち向かうこともしないで自分を傷つける。それで楽になれるわけないじゃない」

「……あんたになにがわかるのよ」

紗奈子が濡れた髪越しに睨み付けてきた。

「わかるわけないでしょ。負け組の気持ちなんか」

私もにらみ返す。だが、内心では混乱していた。私は何をむきになっているのだろう。しばらくのにらみ合いの末、先に目をそらしたのは紗奈子の方だった。「あんたも同類のくせに……」と小さくつぶやいて、うつむいた。どういう意味だ。

私は視線が途切れたので内心安堵しながらカプレーゼの調理に戻った。今度はチーズを切る。しばらく、たき火が爆ぜる音と、包丁がまな板に当たる音だけが響いた。

「ナイフでは、死ななかったんだ？」

なんとなく、紗奈子に問いかけた。

もし紗奈子が先ほどのひよこナイフで死んだのなら、ずぶ濡れではなく、血だらけで化けて出たはずだろう。

「……こんなんじゃ死ねないみたい」

紗奈子も落ち着いた声で答えた。私ではなく、自分の手首を見ながら。

「それに、一人じゃ嫌だった。死ぬときは、誰でもいいからそばにいてほしいと思ったの」

だからわざわざ彼氏の前で、湖に飛び込んだのか。

恋人がいれば幸せというわけではない。むしろ、パートナーが加速度的に相手を追い詰める事もある。それを私はよく知っていた。

私は「そっか」とだけ返し、それ以上聞くのを止めた。

9

バジルをクーラーボックスから取り出し、葉から茎を取り除いて、一枚ずつトマトとチーズの間に挟んでいく。

紗奈子はしばらくその様を黙ってみていたが、バジルを全て挟み終えたぐらいのタイミングでふと口を開いた。

「なっちゃん、一人だけ？」

一瞬、恋人の有無かと思ったが、すぐに今日のキャンプについて言っているのだとわかった。同行者はいないのかという質問だ。無論、美音がいる。

「この後、一人来るよ」

そう答えると「だよね」と紗奈子はなぜか安心したように笑った。

「白鳥さんもそう言ってた」

白鳥？　なぜ管理人が？　疑問が生まれ、紗奈子に聞こうとしたとき、

「あ、あれじゃない？」

と紗奈子がロッジの方を指さした。見ると、林の中をゆっくり近づいてくる光が見えた。懐中電灯だろう。光はどうやら二つ。恐らく美音と管理人だ。やっと来たか。

私はゆっくりと立ち上がり、なんとなく湖に体を向けた。もう、鳥の鳴き声はしない。さざ波の音がかすかに聞こえるだけだ。

夜の湖畔は肌寒くなってきていた。私はザックの底から上着を取り出し、羽織った。一応持ってきて正解だったな。

ふと思った。たき火の方に振り返ったら、もう紗奈子は消えているのではないかと。

しばらく湖の上の暗闇を見つめてからゆっくり振り返ると、紗奈子は相変わらず椅子の上に座っていた。なんだかうれしそうに首を伸ばすように近づいてくる明かりを見ている。

空気の読めないやつだ。そろそろ消えてくれないと困るんだが。てか、他の人には見えるのだろうか。岸本あかりは私にしか見えないらしかったが。

その時、慣れ親しんだ振動が腹部から伝わってきた。バイブレーションだ。ぎょっとして上着のポケットを探る。

そこにはあれほど捜して見つからなかった私のスマートフォンが当然のように収ま

っていた。

一瞬の混乱の後、事態を悟る。

今朝、まだ寒かった早朝、美音と電話をしていた私はこの上着を着ていた。

そして電話を切り、調べ物を終えた私は当然のように上着のポケットにこのスマホを入れ、その後、気温が高くなったからそのまま脱いだ。そして、夜は冷えるかもしれないとスマホを入れたままのその上着を適当に丸めてザックの底に押し込んだのだ。

いざ、スマホを忘れたかもしれないと思い込んで捜した時は、いつもしまう場所と違うから発見も出来ず、完全に家に忘れたものと勘違いして……。

今に至るのだ。

捜し物とは、案外近くにあるものだ。

苦笑しながらスマホを取り出す。着信は美音からだった。あと少しで合流できるというのに、林を歩きながらかけてきたらしい。まめなやつだ。順調に近づいてくる二つの光を見ながら画面をスワイプして通話に出る。

「ナツさん！　何度電話したと思ってるんですか！」

耳を当てた瞬間、美音の怒り声が飛び出した。

「ごめんごめん……」

ちょっと説明が難しいかなと思ったが、言葉にすると実にシンプルだった。

「スマホなくしてて、今見つけた」

「めちゃくちゃ心配したんですよ！」

「ごめんて」

美音が怒ったり、不機嫌になるのを見たことがなかったので、ああ、この子、こんなふうに怒るんだ……と少し新鮮だった。

「仕事終わって、すぐメッセージ送ったのに、全然既読にならないし！　電話も全く出てくれないし！」

すごい剣幕だなと苦笑しながら、近づいてくる二人を見る。先頭の影が比較的大柄なので、あれが管理人だろう。後ろからついてくる人影が美音か。

しかし、こんな勢いで話しているのに、全然二人の方からは声が聞こえない。結構近くまで近づいてきているので、そろそろあっちからもこの怒り声が生で漏れてきていいはずだが。

「仕方ないから、とりあえずキャンプ場に行ったら、ナツさんまだ来てないし！」

「……は？」

管理人に事情を聞いていないのか？

「いや、とっくにいるよ。設営もして、美音が来るのを……」

「はい？」

電話の向こうの美音がいぶかしげな声を出す。

「私が6時頃にキャンプ場に着いた時、受付で確認したら、まだナツさんは来てないって言われましたよ。そもそも人数変更の連絡もされてないって。ナツさん、やってくれるって言いましたよね！」

6時？　反射的に腕時計を見る。午後9時。3時間前じゃないか。そんな前からこのキャンプ場にいたのか。

「私、ご飯も食べずに、ずっとロッジで待ってるんですけど！」

ずっとロッジにいたのか？　なぜ管理人は教えてくれなかったんだ。

「管理人の白鳥って人が私のこと言ってなかった？」

「だから、管理人さんは誰も来てないとしか……」

というか、今、その管理人に私の所に案内してもらっているじゃないか。もう数十秒でサイトに着きそうだ。

「いま、一緒に歩いてるでしょ。メガネの男の人だよ」

「へ？」

電話の向こうで、美音が気の抜けた声を出す。

「だから、私、今ロッジにいるんですって」

じゃあ、今、サイトに入ってきた二人は誰だ。

混乱する私は、次の美音の一言で戦慄した。

「そもそもこのキャンプ場、女性スタッフしかいませんよ」

突っ立って固まった私と、にこにこしながら座っている紗奈子の前に、二人の人間が到着した。

一人は管理人白鳥だ。相変わらず人なつっこい笑顔を浮かべている。

そしてその後ろ、ジーンズにTシャツの、三十代後半、顔もどこにでもいるような顔つき。

石田だ。あの湖畔で会った男。

管理人はすっと紗奈子の方を数秒見つめた。そして、なぜか安心したように笑った。

「よかった。到着されてたんですね。受付に来られなかったから、まだ来られていないのかと心配していたんですよ」

管理人はすっと体をかがませ、紗奈子と目線の高さを合わせた。

「初めまして。管理人の白鳥です」

紗奈子はそれを受けて、うれしそうに頭を下げた。

「どうも白鳥さん。私、紗奈子です。ごめんなさい。遅くなって。道に迷ったあげく、スマホの充電も切れちゃってて……」

「おや、すみません。あなたが紗奈子さんでしたか。ぼくはずっとお連れ様のことを紗奈子さんだと思っていました。どうりでイメージが違うはずですね」

そう言って管理人白鳥は私に目配せをした。意味がわからない。

「あ、あの人はなっちゃんです」

「そうでしたか。すみません。なっちゃんさん。失礼しました」

石田はずっと黙っている。めんどうくさそうに白鳥のやりとりを見つめ、私のキャンプ道具や料理を、さもくだらないといった感じで眺めていた。

スマホから、「ナツさん？　どうしました？　今どこですか？」と美音のあせった声が聞こえる。私は反射的に通話を切ってスマホを握っている左手を後ろに隠した。

三人の異様な空気に背筋から冷たい汗が流れるのを感じた。

「さて、なっちゃんさん。お邪魔ではあるとは思ったのですが、お時間になったのでお迎えに上がりました」

お時間？

その瞬間、今日の管理人との会話が頭を駆け巡る。

『お時間まで自由に楽しんでください』

『ありがとうございます。10時でしたっけ？』

『いえ、9時ですよ。お時間になりましたら、お声がけしますね』

『では、お時間までどうぞゆっくりお過ごしください』

私は、てっきりチェックアウトが明朝9時なのかと思っていた。だが、管理人の言っていたのは朝のことではない。そして、どうやらチェックアウトのことでもない。

「最期の時間は、ゆっくり過ごせましたか？」

白鳥がとびきりの笑顔で近づいてくる。手を差し伸べるように私に向けながら。

後ずさりしようとした足が、湖に落ちそうになる。だめだ。逃げられない。

「よかったね。なっちゃん」

白鳥の横で、紗奈子も満面の笑みを浮かべていた。

「やっと死ねるんだよ」

私は恐怖のあまり、叫び声を上げながら白鳥の顔面に向かって拳を突き出した。

倒さなければならない。全く状況が理解できなかったが、本能でそれだけはわかった。同時に、その勢いのまま、回し蹴りの体勢に入る。下から蹴り上げれば、白鳥の急所に直撃させられる。この距離なら外さない。

しかし、白鳥は格闘技の有段者であった。

私の突きをいとも簡単に片手ではじき、続いて繰り出した股間をめがけた蹴りも片足を上げる事でレジストした。

私は白鳥に背中を向けて体勢を崩す。

無理だ。勝てない。

いっそこのまま湖に飛び込んで、泳いで逃げようと覚悟を決める一瞬前に、蛇のようなものが背後から私の首に巻き付いた。それが白鳥の屈強な二の腕であるということに気がついた時には、私の頭部への酸素の循環が止められていた。一瞬で意識が遠のいていく。

私はとっさに左手のスマホを遠くに投げる。ガコンとかすかにスマホが転がる音がした。ボートの上だろうか。

次の瞬間、私の意識は完全に喪失した。

10

「人はね、都合のいいように、自分で思い込んじゃうものなんだよ」

それが「彼」、有馬徹からの初めての言葉だった。

大学一回生だった私は、大学の近場の喫茶店でとりあえずのバイトを始めたところだった。

私の大学生活初バイトの喫茶店は、ガーナだったか、コンゴだったか、とりあえずアフリカの国みたいな名前の店だった。コーヒー豆に力を入れていたらしいので、その産地からとったのかもしれない。

それなりの町中にひっそりと存在する薄暗い店で、繁盛しているとは言いづらいが、決して貸し切り状態にはならないといった常に絶妙な客入りをしている店であった。

私はいつもホールを担当させられ、時折、厨房の小窓から出されたコーヒーやら軽食やらを機械的にテーブルに運ぶだけの無為な時間を過ごしていた。しかも、一人ならまだ気楽でいいものを、こんなに仕事量が少ないのに、いつも隣にはもう一人バイトが待機させられており、暇なタイミングは何かしら会話をしなければ間が持たないという気まずい状況だった。

当時から人嫌いだった私は、この話しかけるべきかどうかといった状況が本当に苦痛だった。

　ペアが男性だった場合は特に嫌だった。女子大生だからと、帰り際に「飲みにいこうよ」と誘われることもしばしばあった。まあ、「はあ。なんのためにですか？」とでも返せば、言葉を濁してすごすごあきらめてくれるのだが、次回またペアになったときにはより気まずくなった。

　この日も、初めてシフトが被った同年代の青年とペアを組まされた。

　テーブルにいる客への給仕が一通り終わり、例の沈黙の待機時間が訪れる。

「やめるか、このバイト」と割とまじめに考えていた時、急に彼は話しかけてきた。

　唐突な言葉に反応できずにいると、聞こえなかったと思ったのか、徹はもう一度小声で繰り返した。

「誰だって、自分の都合に良いように思い込もうとするんだ。自分では気がつかないけどね」

「はあ」と返して、徹を見る。徹は、私たちの待機場所のすぐ前にあるテーブルを見つめていた。そのテーブルには男性が二人座っており、ラフなスーツを着た男性が、私服の青年に向かって、熱心に語りかけている。

「あの人、マルチ商法の人だよ」

　徹は私にしか聞こえないぐらいの声量でつぶやいた。

「ああ、ねずみ講ですか」

徹はいたずらっぽく笑ってうなずいた。

「あのスーツ君、この時間帯は毎週のようにいるよ。相手は毎回違うけどね」

店の雰囲気なのか、立地のせいなのか、この店はねずみ講の巣になっていると他のバイトに聞いていた。つまり、詐欺まがいの勧誘の場によく使われているのだ。

確かに、この店は町中に珍しくいつまででも長居していい雰囲気があるし、奥まった席が多いから、勧誘される側も出にくい構造になっているといえる。店としては注文してくれるなら文句はないという経営方針なので、ねずみさんたちにとって都合がいい店なのだろう。

「まあ、あの人はマルチ商法というより、意識高い系の人だけどね」

「意識高い系？」

「情報商材とか、セミナーとか、投資とか」

「ああ」

改めてテーブルの二人を見る。ぺらぺらとしゃべるラフスーツの話を、青年は若干不安そうに、しかし、抵抗のそぶりもなく黙って聞いていた。時折、遠慮がちにうなずきもしている。

「聞いててごらん。絶対に都合の悪いことは自分から言わないから」

耳をそばだててみると、途切れ途切れではあるが、会話の断片が聞こえてきた。

「今、動くのがベスト」だとか、「メンバーは全力でサポートしてくれる」だとか、「リアルに成功した人を何人も知ってる」とか、「その人は今、会社を大きくして……」とかなんとか。

「うわあ。いかにもですね」

「ね、面白いでしょ」

徹は得意げに笑った。まるでカブトムシを捕まえてきた小学生のような笑顔だった。

「でも、都合が悪いことを言わないのは、当然じゃないですか。だまそうとしてるんだから」

私がささやくと、徹は芝居がかったようにちっちっちと舌を鳴らした。

「そんなに単純じゃないよ。スーツ君がもし本気で騙そうとしているのであれば、青年は引っかからないよ」

「と、いうと？」

「スーツ君はね、100パーセントじゃないにせよ、いくらかは本当に善意で動いているんだよ」

私はスーツ男を見つめ、徹に視線を移した。

「まさか」

「そのまさかさ。多分ね」

彼は嬉しそうに語り出した。小声で。

「スーツ君はね、聞いていると、決して嘘はつかないんだ。彼の所属するセミナーか何かの中から、成功者が出ているのはおそらく本当なんだと思う。会員になれば、応援も実際にしてくれるんだろう。いくら入会費にかかるかは知らないけどね」

そこで徹はちらりとスーツ男に目をやった。

「でもね、スーツ君は成功した人の話はたくさんするし、うまくいった場合の成功までの道のりをこれでもかとくわしく、そしてそれで得られるメリットも懇々《こんこん》と語るくせに、一番大事な、何人が成功したと同時に、何人が失敗したか、失敗した人がどうなるかを一切語らないんだよね」

徹は、今度はいつしか熱心に相槌を打っている青年に目を向けた。

「ぼくが見ただけでも、十人以上を勧誘して、サークルかセミナーかにすでに引き込んでいるはずだから、最終的に失敗した人はたくさん見ているはずなんだ。でも、それについては一切触れない。都合の悪いことは存在しなかったように無視して、成功した人のことだけを語る」

「それも一種の嘘では？」

「嘘っていうのは、思ったより難しいんだよ。普通の人は嘘をつくと、多少なりとも罪悪感を覚えるからね。下手な人だとぎこちなくなったり、リアリティーがなくなったりして、すぐに気づかれて逃げられる。でも、都合の悪いことを黙っている、というより、話さないというだけなら、嘘ではない。少なくとも隠す側は嘘だとは思わない。だから罪悪感がないから不自然にならない」

なんだか納得できるような、出来ないような話だった。

「僕が思うに、スーツ君は無意識に、都合が悪いことを避けてしゃべってしまってるんじゃないかな。下手すると、自分でもリスクゼロでメリットしかないと思い込んじゃってるのかも」

「……そんなことありえるんですか」

徹はいたずらっぽく笑った。

「ありえるさ。人を騙してやろうなんて心から開き直れる人はそう多くはないよ。大体は自分で信じちゃってるんじゃないかな。自分は本当に青年の未来のために、良かれと思ってアドバイスをしてあげているんだって。自分の言葉で自分をごまかしちゃって、都合が悪いことは意識から追いやって、自分はいいことをしているんだって自分を信じこませているんじゃないかな」

徹は自分で納得したように頷いた。

「だから青年も気づかない。青年だって、都合のいいことだけを聞きたいと思っているからね。なぜか自分は成功する、なんだかんだうまくいくって思い込んでる。失敗したときの話なんて、彼にとっては何よりも大事な事のはずなのに」

徹が締めくくったのとほぼ同時に、青年が何やら書類にサインをし始めた。

「スーツ君も、青年も。外から見れば明らかな事でも、人は自分のことになると途端に気がつかなくなるんだね」

よくしゃべる人だなと思いながら、私も自然に、本音で言葉を返した。

「まあ、所詮は他人事ですし、興味ないです。ぶっちゃけどうでもいい」

徹は一瞬驚いたようにきょとんとし、すぐに、今日一番の笑顔を見せた。

「クールだね。かっこいい」

私のことを愛想が悪いという人はたくさん居たが、そんなふうに表現したのは徹が初めてだった。

「そうですか？」

会話が途切れた。だが、今回の沈黙は、なんというか、嫌な感じではなかった。

しばらくして、徹が前を向いたまま口を開いた。

「斉藤さん」

「はい」

私も前を向いたまま答える。

「今度、僕とごはんいきませんか？」

「ふたりで？」

「ふたりで」

「何のために？」

断るつもりでにべもなく返した私に、徹は「それは……」と言葉を濁した。

そして、前を向いたまままきっぱりと言った。

「自分の都合のいいように、解釈してください」

笑ってしまった。

11

朦朧とした意識の中で、初めに目に入ったのは木目だった。床の木目。よくある木目調デザインのフローリングではなく、本物の木材を使用して造られた木製の床だ。

視野が徐々に広がると、視界の床には暖かな光で照らされている箇所と薄暗く影がさしている箇所があることがわかる。

ぼうっとした頭で、しばらく見つめ、それが自分の頭によってできた影だということがわかった。視線をわずかにずらすと視界の両脇に自分の靴を履いた両足が見える。この部屋は土足オッケーなのか。西洋風だなと気の抜けたことを思いながらしばらく視線だけを動かし、ようやく自分が椅子に後ろ手で縛られた状態でうなだれていたことを理解した。ゆっくりと顔を上げる。

「紗奈子さん、生ハム召し上がりますか」

「ごめんなさい。最近食欲なくて……空くときはすごく空くんですけど」

目の前には円形の大きなテーブルが置かれていた。色とりどりのオードブルが並べられている。ワインの瓶もいくつか。フルーツの盛り合わせまであった。奥のサイドテーブルに置いてあるのは生ハムの原木か？　豪勢なことだ。横には七輪まで用意してある。あぶりでもするのだろうか。

「じゃあ俺がおかわりもらうよ」

テーブルを挟んで私の左斜め向かいに座っている石田がワイングラスを掲げた。上機嫌に赤ら顔だ。結構飲んでいるのだろう。

「もちろんです。お気に召していただけたようで」

私の真向かいに座っていた白鳥が席を立つ。すぐ後ろに置いてある生ハムの原木に向かう。熟成された豚の足が一本丸まる専用の台座に鎮座している。白鳥が専用の大きなナイフを使い、慣れた手つきで生ハムを切り出していく。

周りを見回す。十畳ほどの部屋。いや、小屋だった。木材を組み合わせた壁で四方が囲まれている。キャンプ場特有のロッジだ。ただ、私が知っている宿泊用のロッジと比べると違和感がある。しばらく見渡して違和感の正体に気がついた。ベッドがないのだ。テーブルと椅子と奥のサイドテーブルと小さなゴミ箱以外、生活家具が置かれていない。

「あ、なっちゃんがおきた！」

右隣に座った紗奈子が私の顔をのぞき込んできた。紗奈子も少し飲んだのだろうか。顔に赤みが差している。服は相変わらず土汚れがついた赤いワンピースだが、肩には清潔そうなタオルがかかっており、髪も半分乾きかけているようだった。

それを見て、すとんと納得した。

こいつ、幽霊じゃないな。

ようやく自分の思い違いを認め、それと同時に意識がクリアになっていく。

紗奈子は生きた人間だ。よく考えれば幽霊が平手打ちを食らったり、唐揚げを食ったりするわけがない。前回の岸本あかりとの経験と、夜の湖というシチュエーションで完全にまた無念の死者の亡霊が現れたのかと思い込んでしまった。

いや、でも、だとしたら、この子はあんなところにたった一人で何をしに来たんだ。

「起きましたか。ご気分はどうですか」

　生ハムを皿に盛った白鳥が笑顔で振り向く。

「手荒な事をしてすみませんでした。ただ、山の中は結構音が響くんです。特に高所からだと」

　白鳥は落ち着いた動作で皿を石田の前に置いた。

「ここは結構標高が高いので、叫ばれたりしたら下まで届くかもしれません。強引だとは思いましたが、対処させていただきました」

　確かに、キャンプ場で上の方のサイトの話し声がやけに大きく聞こえることもある。わかる。わかる。だが、問題はそこではない。

「でも、このロッジは密閉しているので、音は漏れません。ご安心ください」

　見ると、唯一向かいの壁にはめ込まれた小窓は、縁に隙間を防ぐようにテープがべっとりと貼り付けてあった。

　ふざけるなと抗議の声をあげる。あげたつもりだった。しかし、私の口からはくぐもったうめき声が漏れただけだった。

「とは言いつつ、念のため、猿ぐつわはさせていただいておりますが」

　舌で口内を探る。どうやらハンカチか何かを口に突っ込まれ、上から布で口かせをはめられているようだ。しばらくうめくだけうめいてみたが、何か意味がある言葉は発せられそうもない。気づくと石田が面白そうに私を観察していた。睨み付けると石田は鼻で笑って皿の生ハムに目線を戻した。

「あの、ロのやつ、はずしてあげてもいいんじゃないですか？　かわいそう……」

紗奈子が同情のまなざしを向けてくる。

「そうしてあげたいのは山々なんですがね……あの状態になってしまった人は、もう気持ちを失ってしまっているので、あることないこと口走って、皆さんの決意をも崩そうとしてきます。こうするのが一番なんです」

何を言っているんだこいつは。

紗奈子は何か言いたそうに口を開きかけたが、自分を納得させるように頷いた。

「そうだよね。だれだって、怖いもんね……」

「はい。無理もありませんよ」

白鳥がおもむろに立ち上がる。

「さて、なっちゃんさんも目を覚ましたことですし、最後のセレモニーに移りましょうか」

それを合図に、三人は部屋の配置替えを始めた。テーブルは隅に追いやられ、椅子が部屋の真ん中に円になるように並べられる。

私はその隙に自分の拘束状態を確認した。椅子の背もたれを挟み込むように後ろ手で拘束されている。感触からして結束バンドだろう。

椅子に直接縛り付けられている訳ではないようだが、背もたれの形状的に結束バンドを外さなければ、椅子から離れることは出来ない。足は拘束されていないが、この状態では立ち上がっても甲羅の大きすぎる亀のようになってしまうだろう。

後ろ手で尻ポケットを探ったが、どうやら折りたたみナイフは取り上げられている。丸腰だ。

そうやってごそごそしている私を、白鳥が椅子ごと引きずり、円に加える。右に紗奈子、正面に白鳥、左に石田だ。石田はまだワイングラスを持ち、生ハムの皿を膝に乗せている。足下には小さなゴミ箱まで持ってきていた。

円が完成したところで、白鳥が話しはじめる。

「さて、皆さん、本日は私の主催するこの会にご参加いただきありがとうございます」

白鳥の挨拶に、紗奈子が音の出ない拍手のまねごとをするのを視界の右端に捉える。

「改めまして、皆様の旅立ちをよりよいものにするためにサポートさせていただく救済サイト『Lake』の管理人、白鳥です」

白鳥は自分の椅子の前に立ち、紗奈子と石田の顔を順に見つめていく。

「皆様の筆舌に尽くしがたい苦しみを、これまでサイト上で伺うばかりでございましたが、こうして皆様のお顔を実際に拝見して言葉を交わし、また、大切な最期の旅立ちの日に立ち会えたこと、大変光栄に思います」

『最期の旅立ち』？

白鳥が穏やかに口にする言葉の意味を考え、自分の動悸が激しくなるのを感じる。

必死に周りを見渡す。逃げなければ。

私の目が隅に片付けられた生ハムセットの置かれたサイドテーブルで止まる。あの専用ナイフをなんとか手にすれば、手首の拘束を切れるかもしれない。仮に持てたところで、後ろ手で縛られた状態でうまく扱えるとは思えないが、所詮結束バンドだ。切れ目さえつけられればなんとかなるかもしれない。

そこで、生ハムの台のすぐ側の七輪が目にとまり、息をのむ。

まだ火は付いていない。だからこそ中がよく見えた。中に入っているあれはただの炭ではない。

練炭だ。

「さらに、飛び入りではありますが、紗奈子さんのご友人も今回お招きすることになりました」

白鳥の優しい目が私に向けられる。

「もちろん歓迎したいと思います」

私は首を横に振る。

違う。私は違う。人違いだ。

しかし、うめき声にしかならない。

「残念ながら、今は決意が揺らいでしまっているご様子です。しかし、問題ありません」

必死に首を振り続ける私を、白鳥が憐憫の情を浮かべた目で見る。

「サイトでご説明している通り、この会は、一人きりでは寂しくて逝けないという方、自分ではいつも最後まで出来ないという方、自分一人ではどうしても旅立てない方、そういった方々をサポートする目的で開いております。途中で決意が揺らいでしまっても、大丈夫です」

白鳥がゆっくりと、しかし力強く言い切った。

「僕が、責任を持って、全員お送りいたします」

目を見開いた私を、白鳥はやさしく見つめ返す。

「この湖に来たということは、自分で覚悟を決められた後、ということですからね」

隣で紗奈子がウンウンと大きく頷く。

なんだそれ。聞いてないぞ。私は何も決めていない。勘違いするな。

私は、ただ、キャンプをしたかっただけだ。

「皆様の旅立ちの場についても再度ご説明させていただきますね。このキャンプ場は両親が経営していたものですが、今はもうとっくに閉業しております。しかし、僕が土地の所有権を引き継ぎ、今は、苦しむ人々のための最期の憩いの場として提供させていただいております。ごゆるりとお過ごしいただけましたでしょうか」

行きに使ったカーナビの画面を思い出す。あのカーナビは中古車に元々ついていた物のため、情報がかなり古い。廃業したキャンプ場が表示されてもおかしくはない。

そして、よく考えれば、美音が予約していたキャンプ場はカード決済にも対応している最新のキャンプ場だ。あの古いナビで出るはずがない。

ようやく理解した。彼らが勘違いしたんじゃない。

私がキャンプ場を間違えたのだ。

自分でこの地に入り、自分で受付をして、自分で人数追加を頼んだ。

「さあ、こんな苦しみにあふれた世界に耐えるのもあと少しです」

そして自分から飛び込んだ。

「皆さん、素晴らしい旅立ちにしましょう」

集団自殺の場に。

あまりの状況にガクガクと膝が揺れ始めるのを感じた。冷たい汗が頬を伝う。その様子を見て取ったのだろう。紗奈子が体を寄せてきた。

「そうだよね……なっちゃんだって怖いにきまってるよね」

私は、この子は湖で死んだのだと勘違いしていた。だが違った。この子は死んだんじゃない。

今から死のうとしているのだ。

紗奈子は私の膝にやさしく手を置いた。

「大丈夫。一人じゃないからね。なっちゃん」

私と一緒に。

12

あの夜を思い出す。

真っ暗な、月明かりもない本当に真っ暗な夜の林の中で、猟銃を持った猟奇殺人犯と対峙した。いや、渡り合えたのは岸本あかりの力を借りたからだ。あかりに協力してもらえるまでは、ただ逃げ惑っていたと言っていい。あの瞬間はアドレナリンが出ていたのか、自分の感情に鈍感だった。行動するのに必死で、恐怖を感じる暇さえなかったのかもしれない。でも、あとから思い出すと、あの時感じるべきだった感情が溢れてくる。

怖い。痛い。死ぬかもしれない。死にたくない。助けてほしい。怖い。生きたい。

怖い。

死にたくない。

今、私がいるのは暗闇ではない。暖色の明かりに照らされた暖かいロッジの中だ。目の前に猟銃を持った男もいない。元彼の徹に似た、やさしげな微笑を浮かべた白鳥が座っている。だが、死の恐怖は容赦なく私を襲っていた。むしろ、少なくとも逃げ惑う事が出来たあの夜とは違い、今は身動きもとれず、声も出せない。気を紛らわすすべがない。

怖い。

私は恐怖で固まる自分の体を奮い立たせ、白鳥から視線を外すと下を向き、自分の膝を見つめた。ジーンズ生地の上に紗奈子の手が乗っている。その手の平の側の生地に私の冷や汗がポトリと落ちた。

猿ぐつわ越しに精一杯息を吸い、肺で数秒止めてから吐き出す。

固く目を閉じ、耳に入ってくる三人の会話も、思考からシャットアウトする。

落ち着け。落ち着け。考えろ。

状況を整理しよう。なぜこんな状況になったのか。

先ほどの白鳥の挨拶と、その後の三人の会話から推測できたことを頭に浮かべ、整理していく。現在の状況を正確に把握するんだ。

まず、私は来るキャンプ場を間違えた。それが始まりだ。キャンプ場の名前をうろ覚えだったため、ナビの行き先を入れ間違えたのだ。そして着いたこのキャンプ場は、実はとっくに閉業しており、現在は土地の持ち主の白鳥が集団自殺をするための場として提供している、らしい。

次に、私は白鳥の事をキャンプ場の管理人だと思い込んだ。無理もない。キャンプ場の受付にいたのだから。

そして、白鳥は白鳥で、私のことを自殺幇助《じさつほうじょ》サイトでやりとりしていた紗奈子だと勘違いした。これも当然だろう。私が「ネットで申し込んだ者なんですけれども……」なんて言ったからだ。だからこそ白鳥は「管理人の白鳥です」と名乗ったのだ。救済サイト『Lake』の管理人として。

そして、決定的な勘違いをしたまま、私は呑気に人数の追加を行った。予定にはなかった女友達が夜に来ると。白鳥はそれを聞き、自殺志願者は石田と紗奈子の二人だと思っていたのが、一人増えて三人になると思い込んだ。

もちろん、私が言っていたのは美音の事だ。そしてその美音はいつまで待っても来るわけがない。そもそも私の待っている場所が間違っているのだから。美音は本来の予約していた正しいキャンプ場で待ちぼうけだ。

その代わり、本物の紗奈子が現れた。なぜロッジではなく、直接私の元に訪れたのかだけが謎だが。

　白鳥は、紗奈子に自己紹介されて、あ、こっちが相談を受けていた紗奈子か。じゃあ、あのなっちゃんとやらが飛び入りできた方だったのか。と納得したに違いない。どっちでもいいやという感じだったのかもしれない。白鳥からしたら自殺志願者が予定通り三人そろって一安心、これで全員揃ったぞという感じだっただろう。

　問題の紗奈子は、白鳥の私に関する話で違和感を覚える箇所もあっただろう。白鳥は私たちを以前からの知り合いだと思っているのに対し、実際は数時間前に初めて出会っただけの関係なのだから。しかし、紗奈子の様子を見るに、特に大きく疑問を感じている様子はなかった。状況が状況だし、会話の細かい言葉尻など意識していないのだろう。もともと小さい事は気にならないタイプという可能性もあるが。

　なんなら、私が怖がる素振りを見せたことで紗奈子は親近感を感じたのか、ことあるごとに私に気遣う言葉をかけたり、背中をさすったりしてくる。端から見れば、まさに長年の友人に見えるだろう。

　そうして私は今、逃げることも、弁明することも出来ない状況で、自殺志願者の一人として座らされている。自分で決意したにも拘わらず、死の直前に怖くなって土壇場で暴れ出してしまった紗奈子の友人として、だ。

　自分が徐々に冷静になってきたのを感じる。そうだ。パニクっても状況が良くなるわけじゃない。自分の現状が把握出来たのなら、あとは冷静に打開する方法を探るだけだ。

　私はゆっくりと目を開けた。

「さて、あとはご用意させていただいている睡眠薬を飲んでいただき、練炭に火を付けるだけで、皆様は旅立つ事が出来ます」

　白鳥の言葉に、紗奈子が緊張し、つばを呑み込んだのがわかった。置いていた手の平が私の膝をぎゅっと握る。

　私も全身に力が入る。くそ。もう始めるのか。

　しかし、白鳥は続けた。

「ただ、その前に、一緒に旅立つ皆様同士がお互いのことを何も知らないというのはいかがなものでしょうか。皆様がそれぞれどのような苦しみを味わい、どうして旅立つことになったのかを共有する時間をとりましょう」

　集団カウンセリングのまねごとがしたいのか？　くだらないが、いいぞ。悪くない。時間が稼げるのならこの際何でもいい。

　だが、私の希望を潰すかのように反論が出た。

「んなもん、いらねえよ。申し込みの時に大体話しただろ。さっさと始めよう」

赤ら顔の石田が吐き捨てるように言う。それに対し、白鳥は冷静に切り返した。

「僕は、石田さんのお話の概要しかお聞きしていませんし、紗奈子さんとなっちゃんに関しては全く知りません。また、僕はあくまで送り出す側です。僕が知っていても意味がないのです」

「別に知る必要ないだろ」

「いいえ」

白鳥がきっぱりとはねのける。

「僕は、皆様が一人で旅立たなかったことに意味を感じてほしいのです。僕はこれまで、何組も送り出してきました。皆さん、ここに集まって初めは人生に絶望して孤独な目をしていらっしゃいます。しかし、メンバーと言葉を交わし、自分の苦しみを吐き出し、また、相手の苦しみを受け取り、皆で分かち合うことで、苦しんでいたのは自分だけではないと知ることが出来るのです。そうして旅立っていった皆さんは、皆、とても満ち足りた目をして、最期を迎えていました」

白鳥は自分の言葉に感じ入るように、両の拳を握った。

「自分一人で死ななくて良かった。この湖に来て、みんなに出会えて良かった。皆様にもそう思っていただきたいのです」

何言ってんだこいつ。

色々と突っ込みたいところだったが、隣の紗奈子はふうっと息を吐き、私の膝を握りしめていた手の力をゆるめた。

お、感銘を受けてらっしゃる。

対して、石田はそうでもないようだった。

「くだらねえ」

石田が鼻で笑うように言うと、白鳥は座ったまま、身を乗り出した。

「僕の会では皆さんにしていただいています。石田さんもお願いします」

「なんで俺がそんな……」

「石田さん」

白鳥は口調も変えず、声色も変えず、ただ、まっすぐ石田の目を見て言った。

「お願いします」

石田は何か言い返そうと口を開きかけたが、白鳥の目を数秒見つめ、すっと視線をそらした。

「……わかったよ」

白鳥が「ありがとうございます」と笑顔になる。

「では、皆さんにお話をお願いするにあたって、まずはこの会の進行役として、僕からお話をさせていただきます。僕は旅立ちのメンバーではありませんが、僕がこの会を行っているきっかけや理由をお話することで、皆様の旅路をよりよいものになればと思います」

　そう言って、白鳥は話し始めた。爽やかな笑顔で、まるで天気の話でもするかのように。

13

　改めまして。白鳥幸男と申します。少し長くなりますが、遡って子どもの頃から話をさせていただきます。お付き合いください。

　僕の父は厳しい人でした。

　父は長く会社員をしていましたが、傍らで地域の居合い教室の師範もしており、周りから大変尊敬されていました。僕は子どもの頃から、武芸を教え込まれました。庭で剣道や柔道の形を教わり、祖父の代から集め始めたという日本刀や鎧が並べられた座敷で、父なりの精神論をたたき込まれました。

　自らを鍛えよ。人を頼るな。男たる者、自分の力で……と言った感じです。

　当時であっても、若干時代錯誤な父でありましたが、機嫌がいいときは釣りに連れて行ってくれたり、母と一緒にキャンプに連れて行ってくれたりと、決して悪い父親ではなかったと思います。母はそんな父に全く口答えをする事もない、おしとやかな人でした。もちろん、父が威圧的なのもあったのでしょうが、母はなにより、頑固ではありますが曲がったことが嫌いな一本筋の通った父を信頼していたのでしょう。

しかし、その、なんと言いますか、自分の武士道を貫こうとする父は、時代の流れには取り残されていきました。

その当時、世はバブル経済で色めき立っていました。どんどん経営スタイルが変わっていく勤め先の会社に、父は嫌気が差したようでした。父は勢いに任せて脱サラし、先祖代々受け継いできた元々の土地に、さらに土地を買い足して、このキャンプ場をオープンさせました。湖の先ほども言ったとおり、世はバブル経済です。融資のあてもすぐに見つかりました。湖の名前にちなんだスワンボートを何艘も買い込み、流行のロッジもたくさん建てました。当時最新のキャンプ場に地域は大盛り上がり。地域の広報誌にも取り上げられ、大繁盛しました。

父は自分の造り上げた夢の国に誇りと自信を持ち、会社員の頃には決して見せなかった満面の笑みで接客を行っていました。

初めだけですが。

世が不景気になり、日本全国の多くの新施設と同様に、このキャンプ場も一気に経営難に陥りました。客足が遠のいたのと、やはり初期費用がかかりすぎていたんです。簡単に言うと、父は立派な武士ではありましたが、経営者としては三流だったのです。

何より、引き際を見極めるのが下手だった。まだある程度高値で売れるうちに、土地を手放してしまえば良かったのです。実際、高い金額ではありませんが、キャンプ場ごと買収の話も持ちかけてもらっていたようです。また、元いた会社から復帰を持ちかけられてもいました。会社側の情けもあったでしょうが、父の実直な働きはしっかりと評価されていたのです。

しかし、先祖代々守ってきた土地を手放すことなど、武士に出来るわけがありませんでした。また、一度大手を振って去った職場にすごすご戻ることは父のプライドが許しませんでした。

そして、致命的なことに、父は人を見る目もありませんでした。

ある日を境に、よくわからないアドバイザーが来ては、よくわからない提案をするようになりました。父は助言に従い、様々な取組を行いました。謎のイベントを企画したり、アスレチックスもどきを設置したりと。

その時、僕はまだ小学生でしたが、「もうだめだ」と子供心に悟ったのを覚えています。だって、あれだけ「人を頼るな」と言っていた父が、よくわからない男に大金を払って助言を求め始めたのですから。もちろん、それらの一貫性のない取組は赤字拡大を加速させるだけでした。

あれだけ気に入っていたスワンボートは一艘、また一艘と姿を消し、とうとう一艘もいなくなりました。祖父が集め、父が大切にしていた日本刀や鎧のコレクションもほとんどが売り払われていきました。そうして遂に、新しい取組をする費用すらも全く捻出できなくなった父は、一気に老け込み、客がほとんど来ないキャンプ場を、ただ黙って清掃するだけの男になりました。その頃には、この土地を買いたいという人もいなかったのです。

僕が中学生になった頃には、日々の生活に貧困の影が色濃く差し込んでいました。また、父と母の関係も芳しくなくなっていました。母の父への信頼がなくなり、それが父にも伝わっていたのでしょう。二人が言い争いをする夜が増えました。

そんな環境で、僕が精神の平穏を保てたのは、恥ずかしながら、恋人の存在でした。中学で出会った絵美ちゃんと言う同い年の女の子です。かわいらしい子でした。小柄で、いつも子犬のように僕を振り回してくれていました。

でも、普段は明るい彼女には、実は悩みがありました。僕の苦悩など比べものにならないような、十代の小さな体では受け止めきれないような大きな悩みでした。彼女の名誉のために詳しくは語りませんが、絵美ちゃんは実の両親に、人としての尊厳を日々、踏みにじられていたのです。

彼女は自分の悲惨な境遇を何度も僕に話してくれました。時には泣き叫びながら、時には泣き声を押し殺しながら。今はうまくいってないものの、両親に愛されて育った自覚があった僕には想像が及ばない苦しみでした。それが申し訳なかった。彼女の話を聞く度に、彼女の苦しみを表面的にしか受け止めることが出来ない自分が情けなかった。それを察してか、絵美ちゃんはよく言ってくれました。「仕方ないよ。結局はみんな他人なんだから」と。家族に肉親扱いをされなかった彼女は、そんな寂しいことを言って自分の理不尽な境遇を自分に納得させていたのでしょう。

僕たちは状況を打開するために何か出来るような年齢ではなかったのです。

中学二年生の夏休みの終わり、絵美ちゃんはバスを乗り継いでこのキャンプ場まで遊びに来てくれました。「湖のハクチョウが見たい」という絵美ちゃんのかわいらしい願いがあったのです。

ハクチョウは毎年大体、秋から冬にかけて日本にやってきて、春になると北に旅立ちます。その年の夏はやけに涼しかったため、季節を勘違いしたのか、早くも数羽のハクチョウが湖にやってきていました。

絵美ちゃんは中学の制服ではなく、とっておきだという白いワンピースを着てきてくれました。夏の日差しにキラキラ輝く彼女は言い様もなく美しかったのを覚えています。

両親にも恋人がいることは伝えていたので、僕の両親は絵美ちゃんを歓迎してくれました。特に父がうれしそうでした。父は久々の満面の笑みで僕と絵美ちゃんを連れてキャンプ場を案内しました。父の日々の掃除はこういうときのためにあったのでしょうか。最後に自慢の湖まで案内した父は、使われなくなって久しい倉庫から、一艘のボートを出してきてくれました。スワンボートではなく、オールで漕ぐ、二人乗りのよくあるシンプルなボートです。倉庫には使われなくなったライフジャケットが入っているだけだと思っていたので、驚きました。「これだけはとっておいたんだ」と父はとっておきの笑顔で言いました。その後も父とは色々ありましたが、今思うと、父の心からの笑顔を見たのは、あれが最後だったのかもしれません。

僕たちをボートに乗せ、オールを僕に握らせた父は「後はお二人で」と父に似合わない気取った言葉を残して去って行きました。僕はオールを操ってボートを適当に進めました。絵美ちゃんは幼い子どものようにはしゃいでいました。お目当てのハクチョウが飛び立つのを見たときは手をたたいて歓声を上げていました。

お互いに一通りはしゃいで疲れたのでしょう。いつしか僕はオールを扱うのを止め、絵美ちゃんも黙って湖畔を見つめていました。そして、絵美ちゃんがまた家庭の話をぽつりぽつりと話し始めました。

昨夜の出来事、今朝の出来事、そして、今日帰ったら起こるだろう出来事。

僕にとって耳を塞ぎたくなるような話でした。でも、僕はじっと聞いていました。毎回そうです。僕は彼女の苦しみをわからない分、絶対に彼女の話は避けずに聞かなければならない、とそう思っていました。

いつもと違い、絵美ちゃんは取り乱すことはなく、ただ淡々と、それこそ他人事のように話していました。そんな彼女を見て、僕はまた「もうだめだ」と思いました。

彼女は遂に、自分のことですら自分の問題として受け止められなくなっていたのです。

今から考えれば、僕の両親と接したことも絵美ちゃんにとって何かの引き金になったのでしょう。たとえ貧しくても両親に愛されている僕を見て、疎外感を強く感じたのかもしれません。絵美ちゃんはぽつんと、これまでそれだけは一度も言わなかった「死にたい」という一言を漏らしました。

「もう、ここで終わらせたい」

僕は黙りました。絵美ちゃんも黙りました。

ボートはいつの間にか湖の真ん中まで来ていました。

唐突に、絵美ちゃんが「この湖、泳げる？」と明るい声を出しました。僕が返事をする間もなく、彼女は「よっ」と足を上げ、ワンピースを着たまま、湖にゆっくり入っていきました。面食らっている僕の顔に、水をかけて絵美ちゃんが笑います。

「冷たい。気持ちいい。君も入りなよ」

僕が迷っている間に、彼女はボートの周りを器用に泳ぎ始めました。

「あ、魚だ」

そう言って絵美ちゃんはすっと水中に潜って行きました。

それっきり、彼女が浮いてくる事はありませんでした。


捜索は丸一日かかりました。朝になってようやく発見され、岸に寝かされた絵美ちゃんは、まるで眠っているようでした。僕は、その穏やかな寝顔を見て、ああ、彼女は旅立つことが出来たんだなと言い様もない感動を感じました。

彼女は大好きな渡り鳥と同じように、苦しみのない新しい地へ、羽ばたいていったのだと。


宙を見つめながらそこまで語った白鳥幸男は、黙って聞いていた私たち三人に笑いかけた。

「その時の体験がきっかけです。『Lake』の活動を始めたのは。もちろん、それまでにいろんなことがありましたよ」

白鳥がまた虚空を見つめる。

「キャンプ場はただでさえ苦しかったのに、事故現場になったことで、一層客足が遠のきました。両親は、平日は日雇いのような仕事をして、土日は遠方からのわずかなお客さんを目当てにキャンプ場を細々と続けていました。僕は家を飛び出す形で、奨学金で遠方の大学に行き、そこそこの企業に入り、モーターボートをぽんと買えるくらいのそこそこの収入を得て、実家に戻りました。その直後、両親が練炭で旅立ちました。二人の顔も生前見たことがないほど穏やかな表情でした」

そう語る白鳥もまた、穏やかな表情をしていた。

「絵美ちゃんに次いで、両親も送り出した僕は、これほど素晴らしいことがあるのだろうかと思いました。この世界は苦痛に満ちています。大小種類に違いはあれど、皆、苦しみを抱えて生きています。しかし、何をそんなに耐え忍んでいるのでしょうか。皆、この地で耐え続けなければいけないと思い込んでいる。旅立てばいいのです。苦しみから離れればいいのです」

そこで白鳥はぎゅっと両の拳を組んだ。

「しかし、僕の両親のように、最期まで生にしがみつこうとしてしまう人は、います。絵美ちゃんのように、自分一人では旅立てない人もいます」

白鳥はまた私たちに視線を戻して言い切った。

「だから、そんなあなた方のような人たちのために『Lake』の活動を始めました。

僕は自分の生が続く限り、一人でも多くの苦しむ人々を旅立たせてあげたいのです」

白鳥の話が終わり、ロッジに静寂が訪れた。石田は相変わらずだが、紗奈子は感極まったようで、目尻を拭っていた。

そんな中、私は自分が、なぜ白鳥を警戒できなかったのかの理由が腑に落ちた。

過去に殺人鬼に追い回された経験のある私が、なぜ、彼に対しては警戒を緩めてしまったのか。徹に似ていたという理由だけではない。

この男には悪意がないのだ。

本当に、人の自殺を促すことが、相手のためになると本気で信じちゃっているのだ。だから、表情に邪悪な企みも、悪事を働く罪悪感も、私は感じることが出来なかったのだ。

狂ってるんだこいつは。

14

「さて、僕の話は終わりましたよ。次は誰がいきますか」

白鳥の言葉に紗奈子が身を乗り出す。口を開こうとした瞬間、

「じゃあ俺だな」

と石田が話し始めた。

「俺は子どものときに大した事件はなかったよ。強いて言うなら、俺も親父には厳しくされたな。親父は漁師だったから気が強くてな。『なめられるな』『やられたらやり返せ』が口癖だった」

無理矢理話す順番をとられて、紗奈子がむすっとした顔で椅子に沈み込む。石田は意に介さない様子で続ける。

「まあ、俺は中学までチビだったからいじめられまくってたけどな。人は自分より小さいやつや弱いやつを見下すからな」

石田はクイっと赤ワインを傾けた。嫌々言っていた割に結構乗り気ではないか。やはり自分語りは楽しいものなのだろう。

「でもまあ、ガキの頃の話だ。高校出て、それなりの職について、モーターボートを買えるほどじゃないにせよ、金も貯まったんで、身を固めたんだよ。嫁は俺がいないとなんにもできない女だったけど、家庭を持つのはいいもんだな。幸せだったよ」

そこまで話して、石田の目が据わった。

「だがよ、子どもが出来て、急に嫁が俺を無視し始めやがった。こっちは毎日くたくたになるまで働いてるのによ」

紗奈子が思うところがあったのか、「それは……」と口を挟みかけたが、白鳥が手を出して紗奈子を制止した。このお話会では反論は御法度らしい。

「息子も息子で、全く俺に懐こうともしねえ。どうせ母親が悪口吹き込んでるんだろう。なめやがって。そう言うと、また無視だ。何言っても無視だ。言い返してもこねえ。親父じゃないけどよ、文句があるならやり返して……言い返してくればいいんだ。俺はそうやってやり返してこない情けないやつが大嫌いなんだよ」

石田は残りのワインを一気に喉に流し込む。

「そしてあろうことか、離婚届まで持って来やがった。信じられるか？　一人じゃなんにも出来ないくせに、弁護士まで連れてきやがって。しかも、息子は連れて行く、養育費を払え、ついでに慰謝料もはらえだとよ。慰謝料要求したいのはこっちだろうが！」

石田は興奮したのか、生ハムの皿を壁に投げつけた。高級そうな皿が木っ端みじんになる。

「石田さん、お気持ちはわかりますが、落ち着きましょう。どうせもうすぐ全部終わるのですから」

白鳥が落ち着いて諭す。皿のことはいいのか。太っ腹だな。

石田はしばらく据わった目で、皿がぶつかった壁を見つめていたが、白鳥が赤ワインのボトルを差し出すと、「……すまねえ」とボトルを受け取り、床に転がったワイングラスを拾い上げてまた新しいワインを注ぎ始めた。

「だからよお、死んでやろうと思ってな」

急に理論が飛躍したなと思ったら、続きがあった。

「あいつは俺がいないとなんもできない女だからな。俺からの養育費とくそったれな慰謝料がなけりゃ、路頭に迷うぜ」

石田はニヤニヤとし始めた。

「しかもよ、職場で入ってる生命保険は、行方不明者の場合は出ないんだってよ。あんたのサイトによれば、俺の死体は発見されないように湖に沈めてくれるんだろ」

「ええ。お任せください」

なるほど。湖に沈めるのか。白鳥がなぜこのような狂った会を何回も続けていられるのかが疑問だったが、合点がいった。

集団自殺の死体が付近で定期的に見つかれば、警察も腰を入れて捜査を始めるだろう。しかし、死体を湖に沈めて行方不明者にしてしまえば、事件にはならない。捜査さえされなければ、白鳥が湖を私有地として所有している間は死体はそう簡単に発見されることはないだろう。もちろん、白鳥の死後など、白鳥の土地ではなくなった際には何らかの形で発見されてしまうだろうが、肉親のいない白鳥にとって、自分の死後に死体が発見されても何も困りはしないのだ。

「ついでに、ここに来るまでに借金しまくって思う存分豪遊してきてやった。まだ離婚は成立していないから、請求は嫁のところに行くだろうな。それに、相手が失踪中である場合、離婚はすぐには出来ないらしい。嫁は当分再婚も出来ず、借金漬けで、息子を抱えてシングルマザーだ」

石田は「ざまあみろ」とつぶやきながらワインを呷った。どうやらこれで終わらしい。

くそ野郎だな。

実際には石田夫婦がどんな関係だったのかは推測するしかないが、普通に胸糞が悪い話だ。

白鳥はお互いの胸の内を話すことで連帯感が生まれるといった事を語っていたが、逆効果ではないか？　共感しようがなかったのだが。

いや、もしかして、紗奈子はこの話にもぐっときたりするのだろうか。

そう思ってちらりと紗奈子を見ると、がっつり引いていた。

駄目じゃん。

そう思って白鳥を見ると、白鳥はウンウンと満足そうに頷いていた。

なるほど。連帯感がどうとかいうのは嘘だな。

こいつは単に知りたいのだ。自分が「送り出す」人々がどんな事情を抱えて死を選んだかを詳しく知っておきたいのだ。趣味が悪い。

だが、口ぶり的に無意識なんだろう。自分が興味本位で人の不幸話を聞いているとは自分でも思っていないのだ。自分で適当にでっち上げた理論をまるごと自分で信じ込んでしまっているのだ。

岸本あかりの言葉を借りれば、こういうやつが一番、人として狂ってる。

「じゃあ、次、私ですね」

紗奈子の番が来た。

15

私の両親は普通です。

別に厳しくもなかったし、貧乏でもなかったです。でも、なんかよそよそしいっていうか、一歩引いてるというか、どこか他人行儀というか。そんな感じでした。小学生の時、親戚の人からこっそり聞いてわかったんですけど、私、養子だったんですよね。血が繋がってなかったんです。他人だったんです。

親子の愛に血のつながりなんて関係ない。気にする必要ないって言うのが一般論だと思うんですけど、やっぱり気にしちゃうんですよ。

参観日とかで、他の子が親に手を振ったりするのを見ると思っちゃうんですよ。ああ、あの二人は本当の親子なんだなあって。

そんなふうに思い始めると、私もなんか両親に対して遠慮するというか、他人行儀になるというか。そしたらもうギクシャクしちゃって。

一時期はこのままじゃ捨てられるんじゃないかと思って親に媚びを売りまくりました。それもうまくいかなくて、次は逆にどこまでなら耐えてくれるのかとわがまま放題し始めました。中学に入ったら、それがエスカレートして、万引きしてみたりとか、クラスの子の財布盗んでみたりとか。トイレで手首切ってみたりだとか。親は何度も学校に呼びつけられてたけど、両親はずっと平謝りで、しかも私には何も言ってこなくて、なんか馬鹿馬鹿しくなって。そんなことしてたから勉強は全然わからなくなって、高校も別に行きたくもないところに行くことになっちゃって、なんか、めんどくさくなって。

一年の時に制服のまま教科書も持ったまま、家に帰らなかったんです。家出です。行く当てなんてなかったけど、できるだけ人が多い街中に行ったら、なんとかなるかなって。

そしたら、なんとかなっちゃったんです。

同じように家出した子達がいっぱいいて、なんか家出コミュニティーみたいのがあったんです。みんなで協力してちょっとグレーな仕事して、誰かの名義で部屋借りてたまり場にして寝泊まりするみたいな。とりあえずそこに入れてもらったんですけど、やっぱりそこでも馴染めなくて。

やっぱ家帰ろうかなとも思いました。スマホはずっと使えてたんです。親を私がブロックしてたから連絡はなかったけど、通信料は払い続けてくれてたから、きっと帰ることは出来たと思うんです。

でも、あそこも私の居場所じゃない気がして、あの人たちは私の家族じゃない気がして。ほんとの家族がやっぱりほしくて。

そしたら、ネットで知り合ったケンくんって人に家に誘われたんです。

行ってみたら結構大きなマンションに住んでて、ケンくんは大学生なんですけど、すごい大人びてて、ずっと部屋に居ていいって言ってくれて。

あ、ここが私の居場所なんだってうれしくて。

ケンくんが好きな料理もいっぱい覚えて。ケンくんも学生だから養ってもらうわけにはいかないから、私もがんばってバイトとかして。

ケンくん、中古らしいけどすごいかっこいい車持ってて、ドライブにもよく連れてってくれました。スポーツカーなんですけど、マニュアル車？　じゃなくてオートマ車なんですって。だから紗奈子もちょっと練習すれば乗れるよって言ってくれて。時々、こっそり駐車場とかで一緒に練習させてくれたんです。ある時は近くのレストランに私の運転で行ったこともありました。「今、警察来たら二人とも捕まっちゃうね」なんて言いながら。

でも、ケンくんが三回生になったぐらいから、なんかおかしくなっちゃって。

そこまですさまじい勢いで語っていた紗奈子は、そこで急に声のトーンを落とした。

「急に冷たくなったと思ったら、突然、花とか買って帰ってくるんです。記念日でもないのに」

紗奈子は私に顔を向けた。

「そういうの、やばいですよね」

ああ。やばいな。

「あ、浮気だ！　と思って、問い詰めたんです。そしたら、なんか就活の話とか始めて、え、なに？　どういうことってなるじゃないですか。とりあえず聞いてたら、三回生になってみんな就職に向けて動き始めたって。だからケンくんも就活セミナーとかそういうのに参加し始めたらしくて」

紗奈子はふーと息を吐き、続けた。

「それ聞いて、私すごくうれしかったんです。だって、ケンくんが就職するって事は、私たち、結婚できるって事じゃないですか。私は、ようやく本当の居場所を手に入れることができるんだあって」

そこで紗奈子は数秒口をつぐんだ。

「で、でも」

紗奈子の声は震え始めた。赤いワンピースの裾を握りしめる。

「しゅ、就職するってことは、もう、もう遊んでいられないって、こと、だから、あ、わ、わ、別れようって」

紗奈子の目からぽろぽろと涙がこぼれる。

「出て行って、くれって」

紗奈子は瞳をぎゅっと閉じた。たまっていた涙が一際大粒になって頬を転がるように伝う。

「遊びだったんだケンくんにとっては。わ、わたしにとってはずっと、ケンくんは」

家族だったのに。

紗奈子はそこまで言うと声を出して泣き始めた。

私も今回ばかりは平手打ちをする気にはなれない。まあ、拘束されて猿ぐつわ状態だから、したくてもできないが。

泣き叫ぶ紗奈子を改めて見つめる。話を聞くに、家出したのが高校一年生だ。ケンくんとやらの家にどれだけ居たかわからないが、下手すると紗奈子は十八にもなっていないかもしれない。私からすれば、まだ子どもだ。学校にほとんど行ってないのであれば、正しい知識もろくに身についていなかっただろう。

誰か一人、誰か一人でも頼れる大人がいれば、変わったのだろう。

いや、きっと、いたはずではあったのだ。手を伸ばしさえすれば引っ張ってくれる大人は、きっとたくさんいたはずだ。

でも、紗奈子は、助けを求めることが下手だったのだ。誰かに頼る事ができなかったのだ。頼り方もわからなかったのだ。

子育ては相性だと聞く。同じように接しても、子どもによって、親によって、うまくいくときとうまくいかない時がある。

聞く限り、紗奈子とその義理の親は、どちらも愛がなかった訳ではなかった。むしろ、紗奈子に関しては親の愛を渇望していたかのようにも聞こえる。両親だって懸命に親の務めを果たそうとしていた印象を受けた。

ただ相性が悪かっただけなのだ。

しかし、それに気がつくには、紗奈子は若すぎる。

そして、彼女は自分の気持ちと親の事情に折り合いを自ら付けられる年齢になる前に、その生を終わらせようとしている。

私は思わず白鳥を睨み付けた。

こんな右も左もわかっていない子を殺す気か。

しかし、白鳥は私の視線に気づく様子など一切なく、うんうんと頷きながら、紗奈子に「つらかったね」などとやさしく声をかけている。「今夜で終わりにできるからね」と。

紗奈子は、しばらくすると泣き止み、多少しゃくりあげながらではあるが、続きを話し始めた。

「私、もちろん出て行きたくなかったから、何でもしました。ケンくんに泣きながらすがりついたし、目の前で『死んでやる！』って手首を切ったりもしました。でも、全然逆効果で、『どうせ死ねないんだろ』と言われて、私、言い返せなくて。最後はどうしようもなくなってトイレに立てこもったんです。そしたら、ケンくん、『警察呼ぶ』って言い始めて。痴話げんかで警察なんか来るわけないって言い返したら、『お前、家出娘だろ』って」

泣きはらした赤い目で、紗奈子は床を睨み付ける。

「警察に連絡されたら、私、家に連れ戻される。またスタート地点に戻っちゃう。それだけは何でか嫌だったんです。この一年が全部なかったことになる気がして。私は結局荷物をまとめて出て行かされました」

そこで家に戻れば……と思うが、そうはならなかったのだろう。

「行くところもないから、少ない手持ちのお金でしばらくネカフェに泊まりました。どうすれば、ケンくんと仲直りできるのか、毎日それればっかり考えて。そしたら、ストレスで肌がすごく荒れ始めて。食欲もなくなって、これまで好きだった料理も全然食べられなくなっちゃって、体はむくむ割に体重はどんどん減ってくし、生理も止まっちゃうし」

「もうぼろぼろで」と紗奈子はへらりと自虐的に笑った。

「ある日、諦めきれなくて、ケンくんのマンションの前まで行ったんです。そしたら、ケンくん、スポーツカーから女の人と降りてきて。ケンくんと同じようにリクルートスーツを着た、同い年ぐらいの女の人。私、思っちゃったんです。子どもの頃の授業参観日の時みたいに。ああ、あの人は遊び相手じゃないんだろうなあって。あの人は、ケンくんの家族になれる人なんだろうなあって」

そこで、紗奈子は白鳥を見た。

「その時、思ったんです。もういいや。ほんとに死のうって」

白鳥が微笑む。

「でも、一人じゃ死ねそうになかったから、ネカフェのパソコンで調べてたら、偶然『Lake』を見つけて。管理人の白鳥さんに本当に親身に相談に乗ってもらえて。今日、参加することになりました」

なるほどな。初めて、ようやく初めて頼った大人が、白鳥だったのか。

私は思わず天を仰いだ。最悪だな。

自分でこじらせた石田とは訳が違う。紗奈子は精神的に傷つき、ボロボロになったときに白鳥に誘導されたのだ。自死を美化する甘い言葉を並べられ、この腐った会に連れてこられた。

「いざ死ぬってなると、やっぱり、ケンくんに思い知らせたくなったんです。あんたのせいでわたしは死ぬのよ、わかってんのって。どうせ死ねないんだろってたかをくくってたケンくんに、死ぬほど罪悪感を植え付けてやろうって。だから、こっそりケンくんのマンションに忍び込んだんです。合鍵の隠し場所知ってたので。そして車の予備の鍵を盗んでおいて」

そこで紗奈子は泣きはらした顔でてへっと笑った。

「今日、スポーツカーでここまで来ちゃいました」

やるなこいつ。

「白鳥さんに頼んで、私が死んだ後、スポーツカーはここことは離れた適当なところに移動させてもらえることになったんです。盗難車としてすぐケンくんのもとに戻るとは思うんですけど」

そこで紗奈子は、一通の白い封筒を取り出した。表面に「遺書」と書かれている。

「白鳥さんに私の遺書をダッシュボードに入れておいてもらいます。これで、ほんとに死んだことは伝わると思うんですよね。これから先、ケンくんには毎日、罪悪感に苦しんでもらいます」

自慢げに言う紗奈子に、白鳥は「お任せください」と合いの手を入れる。

「ただ、やっぱり、運転が難しくて。Dがドライブなのは知ってたんですけど、Nとか2とかLだとかは意味わかんないって感じで。とりあえず備え付けのナビを見ながらなんとかノリで乗ってきたんですけど」

紗奈子はため息をついた。

「最後の山道で溝にタイヤがはまって。どんなに頑張っても車、溝からでれなくなっちゃって」

あの行きしなにあった細い道か。私が免許とりたての美音でも大丈夫だろうと判断した道だろうが、無免許ならば脱輪しても無理はない。

「スマホの充電し忘れで午前中にスマホの充電切れちゃうし、古い車だからスマホの充電もできなくて。だからタイヤがはまっちゃった後も連絡も取れなくて。真っ暗な中、山を歩いてさまよう羽目になって。いつの間にか道を外れちゃって、気がついたら小川にはまってびしょ濡れになっちゃうし、昼はあんなに暑かったのに夜はすごく寒くて、もう泣きそうで」

そこで、紗奈子は私に笑顔を向けた。

「もう駄目だって思ったときに、なっちゃんのたき火が見えて。あ、メンバーの人だってすぐにわかって。火に当たらせてもらって、一緒に唐揚げ食べたんだよね」

なるほど。そういう流れだったのか。ようやく全ての線が繋がった気がした。

「よし。話、終わりだな。さっさと始めようぜ」

石田がやれやれといった様子で立ち上がる。

白鳥も「そうですね」と腰を浮かせたとき、

「あの」と紗奈子が恐る恐ると言った様子で声を上げた。

「なっちゃんの話は聞かなくていいんですか？　なっちゃん、もう落ち着いたみたいですし」

白鳥と石田は紗奈子の顔を見て、それから猿ぐつわをされた私に目を向けた。三人の視線が私に刺さる。

さあ、正念場だ。

16

ゆっくりと猿ぐつわがはずされる。

口の中の布も取り払われ、軽く咳き込む。

猿ぐつわを外した白鳥は、まだしばらく私の動きを注視していた。警戒しているのだろう。変なことを口走られて、他のメンバーが自殺を止めるなんて言い出すのを白鳥は危惧しているのだ。そう考えると、私の猿ぐつわを外すなんてリスクでしかない。だが、それでも白鳥は私の口を解放した。

知りたいからだ。

白鳥と事前にサイトで交流があったらしい紗奈子や石田とは違い、私は何の情報もないまま突然飛び入りしてきた。しかも土壇場で暴れ出したから仕方なく拘束したが、そのせいで懺悔会にも参加できず、結局この女はなぜ死にたいのかが全くわからない。それは白鳥には耐えがたいことだろう。相手の苦しみとやらをしっかり受け止めて、その上でその苦しみから解放してあげることに、白鳥は使命感？　やりがい？　いや、快感を覚えているのだろう。だから殺す前に、私のお涙ちょうだいの話をなんとしても知りたいのだ。

知りたくてたまらないのだ。

私はあえて何もしなかった。大声を上げることも、体をゆらすことも。

今、このタイミングで何かしても、すぐに白鳥に口を塞がれて終わりだ。二度目のチャンスは来るまい。だから、私はただじっと白鳥を見つめた。

白鳥はしばらく疑り深い目で私を見ていたが、石田が「おい、さっさと済ませてくれよ」と不満の声を上げたのを聞き、ゆっくりと自分の席に戻った。

よし。第一関門突破だ。

ここからどうする。状況はギリギリだ。手も足も口も出ない死を待つだけの完全な詰み状態の中、千載一遇のチャンスが巡って口だけがなんとか解放された。この自分の口先一つで大逆転を狙わなければならない。言葉一つの選択ミスが文字通り命取りになる。頭をフル回転させる。

選択肢①　隙を見て、拘束を解き、脱出する。

無理だ。まず結束バンドを外せる手はずがないし、仮に外せたとしても、白鳥、石田がいる状態で小屋から出られるはずがない。湖畔の時のように白鳥一人に軽く返り討ちになって終わりだ。

選択肢②　私は自殺する気はなかった、紛れ込んでしまっただけだ、と正直に訴える。

一番まともな案ではあるが、多分死ぬだろう。自殺が怖くなったがための戯言だと疑われて終わりだ。もちろん、時間をかければ、紗奈子と初対面であることなども説明でき、理解してもらえるだろう。ただ、どうせ説明しきる前に口を塞がれて終わりだ。白鳥は私が自殺動機以外の事をしゃべり始めたら、すぐに中断させるだろう。真偽を確かめる時間などくれるはずがない。

「いつまで黙ってんだ。しゃべるんならさっさとしゃべれよ」

石田がまた声を上げる。チラリと見ると赤ワインのボトルが空になってしまい、ご機嫌斜めのようだ。紗奈子がその大声にびくりと肩を震わす。私はそんな紗奈子をじっと見つめた。

「なっちゃんさん、最後に話しますか？　話しませんか？」

白鳥の声に覚悟を決める。

選択肢③　自殺動機を語るふりをしながら、紗奈子を説得する。

紗奈子が自殺を嫌だと言い張れば、過半数が反対することになり、会を不成立に持って行けるかもしれない。確証はないが、ここは賭けだ。大逆転があるとすれば、この線しかない。

「話すわ」

ゆっくりと深呼吸をする。もちろん、自殺する気なんてさらさらないので、自殺動機もへったくれもない。だが、あからさまな嘘八百も即興ではすぐにばれるだろう。自分の実際の過去をそれっぽく語るしかない。

「大学生の時に、勢いで付き合い始めた人がいたの」

そうして自然と口から出たのは、有馬徹の話だった。

「徹って人。バイト先で話しかけられて、ちょくちょく遊びに行ったりする仲になって、しばらくして、付き合い始めた。

理屈っぽい人で、話が長い人だった。元々、私は人の話を聞くのが苦手というか、時間の無駄だと思うタイプだったんだけど、徹の話はいつも面白かった。

あと、これは後でわかったことだけど、私と趣味があったの。その頃はまだキャンプなんてものには一ミリも興味がなかったから、私は暇な大学時代を本と映画に埋もれて過ごしてた。友達なんていなかったから、徹と付き合って、好きなことを誰かと語り合える場が出来たことが、うれしくて仕方なかった。

　実際は、完全に趣味が合致している訳じゃなくて、徹は何でも広く楽しむタイプだったから、ぎりぎり守備範囲がかぶる程度だったけど、それでもうれしかった。時には彼が見てもいない映画について延々と語ったこともあったけど、徹はいつもニコニコしながら聞いてくれていた。徹は聞き上手でもあったんだなって今では思う」

　それに対して、私は、良い彼女ではなかっただろう……と思う。

「その点、私は、ひどいもんだった。自分がしたいことは勝手にするし、相手のしたいことのために我慢なんてしないタイプだったから、彼の遊びやデートの誘いもよく断った。十回誘われて三回行くかどうか、そんなものだったと思う。ようやく行った先でも、自分の興味が引かれない内容だったらさっさと帰ってしまうこともあったわ。それが悪いことだと思った事もなかった。

　徹がしたいことがあるなら、遠慮せずに一人で楽しめばいい。私は私で自分のしたいことがあるんだから。そう伝えると、彼はいつも困った顔で「クールだなあ」と笑ってくれた。「一緒にいるからいいんだよ」とそう言って」

　でも、いつからかはわからない。ある日を境に、うれしそうに私を「クール」と表現していた彼が、私のことを「冷たい」と言い始めた。

そこで一旦、言葉を切って、三人の様子を見る。石田は相変わらず退屈そうだが、白鳥は満足そうにうんうんと頷いている。紗奈子が興味深そうに耳を傾けているのを確認して、話を続ける。

「紗奈子の話じゃないけど、就職がきっかけだったと思う。同い年だったから、同じタイミングで二人とも社会人になった。職種が違ったから、土日に会って聞く徹の話は新鮮だった。徹は教師になったの。中学校の先生。理屈っぽいわりに愛想がいい徹にはぴったりだと思った。事実、徹も初めはすごくやりがいがあるってうれしそうだったわ」

でも、あるとき気づいた。あんなに心地よかった徹の話が、全然面白くなくなってきた。

「間違っている。おかしい。生徒が、親が、同僚が、制度が。急に誰かに対する批判ばかりになってきた。そして、こうあるべきであるという自分の教育観、でも、それが実現しない現状。『こうすべきだ』と『こうであるべきだ』と『実際はこうである』の繰り返し。会って話をすればそんな話ばっかりで。徹が理屈っぽいのは昔からだったけど、そのどこからか借りてきた言葉で無理やり積み重ねられた理屈は死ぬほど退屈だった。何より、なんでも楽しそうに話していた彼が、その話をするときは本当に苦しそうだった」

今ならわかる。初めて社会に出て、理想と現実の差を見せつけられて、さらに自分の無力さもこれでもかと叩きつけられて。

苦しかったのだろう。しんどかったのだろう。

でも、私もギリギリだった。

「私自身、就職先では覚えなくちゃいけないことばっかりで、納得できないことも多くて、かなりきつかったの。だから、仕事から帰ったらすぐに映画や本に逃げたわ。もちろん、学生の頃に比べたらその量は微々たるものだったけど、使える時間は全部そこにつぎ込んだ。だって、仕事がしんどいんだから。それ以外の時間は目一杯好きなことに使いたいじゃない」

でも、徹は違った。

「徹は逆に、帰ってからもずっと明日の授業準備をしてた。休みの日は教育本みたいなのをとりつかれたみたいに読んでた。あんなにたくさんあった趣味は全部学生時代に置き去りにしたみたいに触らなくなって。そのうち、休みの日に遊んでる私を責めるような事を言ってくるようになった。意識が足りないとか、もっと自分の仕事に理想をもたないと、とか」

それも、心から苦しそうに。

「私は、もっと楽しい話がしたかった。最近見た、面白い映画の話とか、そういう話がしたかったの」

楽しくない話なんて、したくなかった。自分の毎日がすでにしんどいんだから、その上に、つらい話なんて、聞きたくなかった。

「だから、徹のそういう話は聞かないようにしたの。仕事の話が始まったら、すぐに話題を変えたし、用事を思い出して帰った事もあったわ。その話つまんないからやめてって面と向かって言ったことも。彼は言ったわ。なんでそんなに冷たいのって」

そして私は返した。苛立ちながら、吐き捨てるように。

「興味が無いだけ」

メガネの奥でまぶたをふっと閉じた徹を思い出す。

「最後に会ったのは金曜日。次の月曜日の朝、徹は首を吊ったわ」

紗奈子が隣で息をのむ。私はかまわず続けた。

「それを私が知ったのは、一週間後。メッセージのやりとりもそのころは週に一回とかだったし、今週は来ないなと思ってたぐらいだった。まさか、死んでるなんて思ってもみなかった」

私は、すうっと息を吸いこんで、そして吐いた。息以外のものも胸から吐き出すように、大きく。

「徹は、遺書も何も書いていなかったし、私が彼女であることは誰も知らなかったの。徹のお母さんが彼のスマホのパスワードを探り当てて、メッセージのやりとりとかを見て、私に連絡してくれた。それで初めて知ったの」

徹のアカウントから、徹の母ですとメッセージが来た時には、徹の葬式はすでに終わっていた。

「徹、その時、たちの悪い親に絡まれて大変だったんだって。同僚も全然助けてくれなくて、若いから、生徒にもなめられて、仕事量も半端じゃなくて、連日、学校に泊まり込んでたらしいわ。これも後から聞いた話で、私は知らなかった。徹は肝心なところは何も話さなかったし、そもそも私が聞こうとしなかったから、言えなかったのね」

そして、誰にも吐き出せずに限界を迎え、黙って、一人で逝ってしまった。

「なっちゃん、かわいそう……」

紗奈子がまた涙ぐんで、私の膝に手を置いた。

「すごく、後悔したんでしょ」

私はゆっくりと紗奈子の方を向いた。そしてはっきりと言った。

「まさか」

「え？」

きょとんとした紗奈子の顔を見つめて続ける。

「なんで、徹が勝手に死んだのに、私が後悔しなきゃいけないの」

紗奈子が、私の膝から手をさっとどける。

「徹のお母さんから連絡が来て、徹の実家に線香を上げに行ったその帰り、私どうしたと思う？　映画を見に行ったのよ。その足で」

紗奈子が手を胸の前で握ってぽかんと口を開ける。

「せっかく年休とって、外出したんだし、映画でも見て帰らないと損だなって思ったの」

「なにそれ……ひどい」

紗奈子が信じられないという表情でつぶやく。

ああそうだ。私は冷酷な人間だ。そんなこと初めからわかってる。何とでも言え。

「何か勘違いしているようだけど、自分の存在なんて、相手からしたら全然大きいものでも何でもないのよ。死のうが生きようが、口では何とでも言っても、相手からしたら実際はどうでもいいのよ。だって他人なんだから」

そう他人だ。私のことじゃない。徹が死んだのは私の問題ではない。だって徹は、結局は他人だったのだ。ちょっと仲は良かったが、実際のところは全く気持ちが通じ合っていなかった、ただの他人だ。

「あなただってそうよ。紗奈子」

私は固まる紗奈子を睨み付けた。

もっと冷静に諭さなければ。もっと穏やかに、遠回しに説得しなければ。そうはわかっているのに、私の口は止まらなかった。

「あなたの存在なんて、ケンくんとやらからしたら、都合の良かった女の一人でしかないのよ。あなたは本当の『家族』だとでも思ってたらしいけど、ケンくんからしたら赤の他人もいいところだわ」

紗奈子の顔がゆがむ。私はあざ笑うように続ける。

「あなたがどれだけダイナミックに死んだところで、ケンくんは痛くもかゆくもないでしょうね。そりゃあ少しは落ち込むかもしれないわよ。でも、そんなの一瞬。スポーツカーの助手席に座った、新しい恋人に慰めてもらってそれで終わり。家族になれるらしい新しい女にね」

紗奈子の胸の前で握りしめた両手がブルブルと震える。顔から血の気が引いていく。

「そんなはずないって思う？　でも、そういうものなの。あなたがどれだけ悲しくて、あなたがどれだけ傷ついて、あなたがどれだけ愛していたとしても、ケンくんにはどうやったって伝わらない。だって、結局は他人事なんだもの」

顔を蒼白にした紗奈子の隣で、白鳥が腰を浮かしかけているのが見えた。

「そして、あんたは忘れ去られる。いや、私が徹を忘れてないように、覚えてはもらえるかもね。俺の気を引きたくて死んだ女がいた。そんな学生の思い出アルバムの甘酸っぱい一ページとして。よかったじゃない」

白鳥が私の口を塞ごうと立ち上がったのを目の端に捉える。私は最後に紗奈子に向かって叫んだ。

「『他人』としては上出来よ！」

「あああああああああああああああああああ！」

白鳥より一瞬先に、紗奈子が私に飛びかかってきた。両肩を掴まれ、椅子の脚が宙に浮き、次の瞬間、椅子の背ごと、背中が床に叩き付けられる。

息が詰まった私に紗奈子が覆い被さり、喚きながら私の頬を平手打ちした。両手で、何度も、何度も。

「あ、あんたに、な、何が、わかるのよ！」

顔が交互に反対を向かせられ、視界が回る。その勢いがだんだんと弱くなり、代わりに顔に大きな滴が落ちてくる。

「……じゃあ、ど、どうすれば、よかったって言うのよ……」

紗奈子は赤くなった両手で顔を覆った。

私は紗奈子を床から見上げる。あまりに細い腕だ。あまりに幼い肩だ。世間知らずで、人付き合いが下手で、誰にも頼れずにここまで来てしまった十代の少女がそこにいた。

「戦えばよかったのよ」

気がつくと、自然に口が開いていた。

「相手の足にすがるんじゃなくて、死んでやるって同情を引くのでもなくて、今みたいに、戦えばよかったのよ」

紗奈子が呆然と私を見下ろす。

「そんな、だって、戦うなんて、私、できないよ……」

「じゃあ、誰かを頼ればいいのよ。信頼できる相手は、きっと近くにいるはず」

黙り込む紗奈子の背後から、猿ぐつわを持った白鳥の影が私に近づく。

ゲームセット。ここまでか。

大きなため息をつく。白鳥は紗奈子の肩を掴んで、私の上からどかし、私の椅子の背もたれを掴んで、軽々と私を引き起こした。そして、猿ぐつわを再び私に……。

その瞬間、紗奈子が動いた。口に手をやったかと思うと、石田に向かって突進し、その足下にあるゴミ箱を抱え込んだ。

そして吐いた。

嘔吐の音と、紗奈子の苦しそうなうめき声と、石田の「おいおい、勘弁してくれよ」という声が重なる。

白鳥も突然のことに驚いたようだが、すぐに苦笑いして、猿ぐつわを一旦テーブルに置き、紗奈子に近づいて背をさすった。

日々のストレスで収縮した胃に、死への緊張と私への怒りが加わって嘔吐に繋がった。石田も白鳥もそう思ったのだろう。

しかし、私は違った。何かを見落としている気がする。

ふと、たき火の前での出来事を思い出す。あのとき、紗奈子は醤油の匂いを嗅いで、口を押さえていた。

『肌がすごく荒れ始めて。食欲もなくなって、これまで好きだった料理も全然食べられなくなっちゃって、体はむくむ割に体重はどんどん減ってくし』

そんなことがあるのか。いや、もし、そうなら、普通自分で気がつくだろう。

あの日の徹の言葉が脳裏をよぎった。

『外から見れば明らかな事でも、人は自分のことになると途端に気がつかなくなるんだね』

私は、声を絞り出して、紗奈子に問いかけた。

「紗奈子、生理、いつから止まってるの？」

白鳥からもらったティッシュで口をぬぐっていた紗奈子がぽかんと私を見る。

「へ？」

そして、ゆっくりと自分の腹部に視線を落とした。

「え、いや、え？」

困惑の声を出したかと思うと、紗奈子は、ばっと自分のお腹を抱きしめた。

わからない。まだ検査も何もしていない。

だが、紗奈子は今の一瞬で確信を持ったようだった。感極まったように、また、でも今回は黙って、涙を流す。

その間も、ぎゅっとお腹を抱きかかえる。

石田は状況がわかっていないようで、「ん？　どうした？」と困惑しているが、白鳥は全てを悟ったらしい。額に手を当てて、空を仰いでいる。「あちゃー」とでも聞こえてきそうだ。

「し、白鳥さん、私、死ぬの、やめます」

紗奈子はそう言って、白鳥を見上げた。

「私、私の人生も、ケンくんも、もうどうでも良いいです。私、この子と、この子と……」

私は、ふうっと息を吐いて、椅子の背に沈み込んだ。

大逆転だ。

17

一気に空気が弛緩した気がする。

紗奈子の妊娠には一切確証はない。単に体調不良の可能性も十分ある。何なら、その可能性の方が高いぐらいだ。だが、それは問題ではない。紗奈子自身が、自分の中に新しい本当の『家族』がいると思い込んだ。そして、自殺の意思を撤回した。

ここまで明確な生きる理由があれば、白鳥も止めることは出来まい。紗奈子が抜けるとなれば、友人設定の私が連れ添って帰るのは不自然でもなんでもない。あとは石田だけで勝手に死ねばいい。

私は、背もたれに沈み込ませていた上体をゆっくり起こした。

「紗奈子、帰ろうか」

紗奈子は潤んだ目で私に振り返り、「うん」と笑顔を作った。

座り込んでいた紗奈子が体を起そうとした時、

「いや、だめですよ」

白鳥の冷たい声が響いた。

次の瞬間、白鳥は驚くほどの速度で紗奈子の左手を掴んだかと思うと、そのまま数メートル紗奈子を引きずった。紗奈子が事態を把握できず、「え？　え？」となすがままにされている間に、いつの間に取り出したのか、白鳥はサイドテーブルの柱に紗奈子の左手を結束バンドで固定した。

「ちょ、白鳥さん？」

紗奈子は目を丸くして拘束された左手を見つめた。

「なんのつもりですか？」

「それはぼくのセリフですよ。紗奈子さん」

白鳥は部屋の隅から七輪を運んできながら答えた。

「土壇場になって、やめるなんて言い出すなんて。なっちゃんさん同様に、世話が焼けますね」

「それは、だから、赤ちゃんがいることがわかったから」

「だからなんなんです」

白鳥は部屋の中心に七輪をドスンと置いた。

「なにって、私の自殺なんかで赤ちゃんを殺すわけには」

「今時、産まないと選択して中絶する方なんてたくさんいるでしょう。それに」

白鳥はあの笑顔で紗奈子を振り返った。

「こんな苦しみだらけの世界に生まれるよりも、ここで終わらせてあげるのが一番です」

紗奈子は二の句が継げなくなったようで、パクパクと口を動かした。言葉にはならなかったが、紗奈子が言いたいことはわかった。

狂ってる。

もう誰の目にも明らかだ。こいつは、誰かを救いたいなんて最初から思っちゃいない。単に、救うという名目で、人を殺したいだけなのだ。

白鳥は軍手をはめたかと思うと、練炭を一旦取り出し、底に丸めた新聞紙を放り込んだ。マッチ箱を取り出し、シュッとマッチに火を付ける。マッチを七輪に放り込むと、その上から再び練炭をセットする。側面の送風口を開けるとすぐにもくもくと白い煙が立ち上った。手慣れている。何度も行っているのだろう。

「なんだ、結局やるのかよ」

石田が伸びをして立ち上がった。

「ええ。もちろんです。すみません石田さん。お待たせしてしまって。石田さんの言うとおり、時間の無駄でしたね」

石田にとって、白鳥の動機などどうでもいいのだろう。人生詰んでいると思っている石田からすれば、自分の死体をきちんと処理してくれるのならば、何だっていいのだ。

「石田さん。申し訳ありませんが、しばらくこの二人を見ていてくれませんか。まあ、なにも出来ないとは思いますが。一酸化炭素が充満するのにはしばらくかかるので」

「あんたはもう出るのか」

白鳥は食器や家具を片付け始めた。

「ええ。車も湖に沈めなければいけませんし、忙しいんですよ」

そう言う白鳥の手には、二種類の車の鍵が握られていた。一つは、私のミニクーパーの鍵だ。

「紗奈子さんの鍵は車に挿しっぱなしなんですよね。脱輪しているのであれば、後でジャッキでも持って行った方がいいですかね」

話しかけられた紗奈子は左手をばたばたさせながら叫ぶ。

「白鳥さん、なんで？　助けてくれるって言ったじゃないですか！」

「ええ。だから助けてあげようとしているでしょう。もうすぐ旅立てますからね」

白鳥はまた微笑んだ。

「お子さんと一緒に」

何を言っても無駄だ。狂人に理屈なんて通じない。

それよりも、私は七輪を凝視していた。練炭の下の新聞紙が燃え尽きたのだろう。白い煙は収まったが、練炭に直接火が付いているのがわかる。今、現在進行形で無色透明な一酸化炭素が部屋に広がっている。

白鳥の動きに目を戻す。白鳥はちょうどサイドテーブルを片付けているところだった。生ハムの原木にラップを張っている。原木を持ち出す気はないらしい。あの、専用ナイフ、あれを隙を見て手にできれば、なんとか拘束を解けるかもしれない。

しかし、白鳥はその希望を打ち砕くように、ナイフだけ専用の小箱にしまって脇に抱えてしまった。食器類を置いたお盆と空き瓶を両手に持つ。

「では、私は失礼します。テーブルの上に睡眠薬を置いておりますので、よろしければお使いください。数時間後、戻ってきますね。ご遺体は責任を持って湖に沈めますので、ご安心を」

紗奈子が声にならない叫び声を上げる。石田が軽く手を上げ、私は、ただじっと白鳥を睨み付けた。

「みなさん、よい旅立ちを」

白鳥はそう言い残してドアから出て行った。扉が閉まってしばらくして、外側から施錠された音が聞こえた。続いて、養生テープを引き剥がすビリビリと言う音と、ペタペタとそれを扉の外側に貼り付ける音も聞こえてきた。小窓と同様に、隙間を塞いでいるのだろう。その音がやむと、砂利を踏む足音が聞こえ、徐々にそれが遠ざかっていった。

七輪は相変わらず静かに燃えている。

アウトドア指南書で呼んだ知識だと、確か、空気中の一酸化炭素濃度が0・1パーセントを上回った状態で1時間も過ごせば、激しい頭痛、めまい、痙攣、意識障害が起こり始める。1パーセントを超えようものなら、数分で呼吸が出来なくなり、あっという間に死に至る。

椅子に拘束され、自力で外す術はない。頼みの綱だった紗奈子も、今はテーブルに片手を拘束されてすすり泣いている。石田は説得などまず不可能だろう。そして、ロッジの中の一酸化炭素の濃度は、目には見えないが確実に高まっている。

絶望的だ。

両目をぎゅっと閉じる。

どうしようもない。もうこのまま死を待つだけだ。睡眠薬を口に放り込んでいる石田も、お腹を抱えて泣きじゃくる紗奈子も、そのお腹の子も。そして私も。ここで死ぬのだ。

私はゆっくりと目を開けた。

誰があきらめるものか。

18

石田勇気は安堵していた。

自殺メンバーの一人が妊娠していると騒ぎ始めた時はどうなるかと思ったが、管理人のおかげでなんとか無事に死ねそうだ。クソみたいな人生だったが、最後に手当たり次第につくった借金でいい思いが出来たし、何より、俺を馬鹿にした妻と子どもに一泡を吹かせてやれると思うと、自然と顔がにやついた。

とはいえ、苦しいのはごめんだと、テーブルの睡眠薬を口に放り込んだところで、

「ねえあんた」

と背後から呼びかけられた。「ああ?」と振り返る。

両手を後ろ手に拘束され、椅子に固定された女が、俺を睨んでいた。いや、睨んでいるのではない。見下しているのだ。それが石田にはすぐわかった。人生で何度も見下されてきた石田は、その類いの視線には人一倍敏感だった。

気に入らない目だ。怒鳴りつけてやろうかと思った。

嫁がこういう目をしたとき、怒鳴りつければ、嫁は目を背けた。

人は怖ければ下を向く。嫁もそうだったし、石田自身もそうだった。

石田は、自分より強い相手の目はまっすぐ見ることは出来なかった。それは学生の

頃に自分より体が大きい上級生に囲まれた時からそうだった。明らかに自分より強い相手を見ると、すぐに膝が震えて、何も出来なくなってしまう。石田少年は上級生に床に転がされて、『やり返してみろよ！』と嘲られても、丸まるだけで何も出来なかった。人はそういうものなのだ。

だが、目の前の女は違った。明らかに石田より小さく、しかも拘束された状態で、ほとんど見上げるような状態なのに、堂々とした態度を崩さない。まっすぐに石田の目を見ていた。不敵な笑みを浮かべながら。

「あんたさあ、奥さんと子どもに何したの？」

一瞬、何を言われているのかわからなかった。飲み過ぎたのだろう。頭がぼうっとする。奥さん？　子ども？

「まるで、自分が被害者みたいな口ぶりだったけど」

被害者？　ああ。被害者だ。あいつらは家の主の俺を軽んじて、見下した。俺の稼ぎで食ってるくせに。俺がいろんなやつにへこへこして、こき使われながら稼いだ金で生きてるくせに。

「でも、そんなわけないわよね。奥さんだけが言ってるのならまだしも、弁護士が出てきて、問答無用で慰謝料要求されてるんですもんね」

弁護士？　あのいけ好かない若造弁護士か。夫婦の事なんて全くわからんくせに、適当な事を抜かしやがって。

「あんた、なんかやったんでしょ？　不倫？　違うわよね。あんたなんかを相手にする人がいるわけない。ギャンブル？　そんな金なさそうね」

なんだこの女。朦朧とした頭でも、今、馬鹿にされたことはわかった。女の目の前まで近づいて見下ろす。大して女はひるむことなく石田の顔を見上げた。

「ああ、わかった」

女はにやりと笑った。

「殴っちゃったか」

次の瞬間、女の頬が左側に勢いよく弾かれた。自分の右の拳にも鈍い痛みが伝わる。

女は真横を向いたまま、ぺっと唾を吐いた。床に赤い液体が付着する。

「なるほど。こんな感じか」

女はゆっくりと顔を戻した。

「自分の奥さん殴っといて、自分は被害者面か。ちゃんちゃらおかしいわね」

今度は反対側に女の顔が弾かれる。殴りつけたその左手で、そのまま女の首元の服を掴んで引き寄せる。女の椅子の後ろ足が宙に浮いた。

「わかるわよ。死ぬ直前でも、自分に都合に悪いことは言いたくないもんね。だから暴力の事は伏せたんでしょ」

　女は痛みに顔をしかめながらも話すのをやめない。それどころか、また石田を嘲るように口角を上げた。

「それとも、本気で、自分は被害者だなんて信じてたの？」

　石田は女を椅子ごと思いっきり床に叩き付けた。女は一瞬うめき声を上げたが、またかすれた声を上げる。

「自分のことほど人は気づかないものね。私だって……」

　そこで、その女の腹に蹴りを入れた。言葉の途中で息がつまった女はたまらず言葉を呑み込む。

　自分より弱い相手が反抗してくるのが、石田は許せなかった。石田自身が強い存在に反抗できないからだ。弱い者は身の程を知らなければならない。弱いやつが、小さいやつが、やり返せもしないのに、俺に刃向かうなど、あってはならない。

　防御も出来ず、まともに蹴りを食らった女は椅子に縛られて横倒しになった状態で悶絶している。そこにもう一度蹴り込んだ。学生時代、石田が上級生にやられたように。泣きながら謝る自分の嫁に向かって石田が散々やったように。何度も、何度も。

「もうやめて！　もうやめてよお！」

　後ろから紗奈子とかいう女が叫んだ。振り向いて見ると、紗奈子はテーブルに縛り付けられた手をゆすりながら泣き叫んでいる。

その時、気がついた。頭痛がひどい。石田は頭が割れるような痛みを感じた。視界も若干歪んでいる。急に激しい動きをしたからだろう。

紗奈子は泣きじゃくり、痛めつけた女はうめき声を押し殺して床に転がっている。

石田は二人を無視して、テーブルに向かう。水を飲もう。

「……私だって、気づかないことが……たくさんあるわ」

女の絞り出すような声に舌打ちをする。まだ殴られ足りないのか。何をそんなに言いたいんだ。

「今日だって……そう。スマホは、ずっと、上着のポケットに入ってたのに……全然気づきもしなかった」

石田はゆっくりと女の元に戻ると、女の上に馬乗りになった。

「上着のポケットに、入ってる、なんて……普通、気づかないわ」

拳を構える。黙るまで殴り続けてやろう。石田はそう思った。

「あなただって、忘れてるんじゃない？　ポケットに何が入ってるかなんて」

何言ってんだこいつ？　いぶかしげな目をする石田に女は言い放った。

「お前に言ってねーよバーカ」

意味がわからない。だが、馬鹿と言われた事だけはわかった。

もういい。殺そう。

石田はゆっくりと女の細い首を両手で握った。徐々に力を込めて絞め上げる。女が金魚のように口をぱくぱくさせる。

死ねばいい。俺を馬鹿にする奴らは全員、死ねばいいんだ。

女の顔がどんどん蒼白になる。石田はより一層、両手に力を込めた。

その時、後ろから物音がしたかと思うと、次の瞬間、石田は背後から突き飛ばされた。バランスを崩し、床に転がる。あわてて上体を起して相手を見る。

紗奈子だった。肩を怒らせた紗奈子が、石田を睨み付けていた。

混乱する。この女はサイドテーブルに結束バンドで拘束されていたはずだ。なんで外せたんだ。意味がわからない。

しかし、程なくして石田は気づく。

紗奈子は所詮、十代の少女だ。拘束が解けたところで、自分の敵ではない。

石田はゆっくりと立ち上がった。

仁王立ちし、顎を引いて上から睨み付ける。それだけで紗奈子の肩が恐怖で震えたのがわかった。

自分より弱い相手には石田は容赦しない。

さあ、殴ってやろうか、蹴ってやろうかと思った時、あろうことか、紗奈子は床に突っ伏した。そして、倒れた椅子の女の上に覆い被さった。「もうやめて！」と叫びながら。

横向きに倒れる女に十字で被さる形で、女の腹と自分の腹を重ねる角度で、背もたれの向こう側に手と顔を入れ、まるで女を石田から守るように。

その姿が、石田から必死に息子を守ろうと、息子の上に覆い被さる嫁の姿と重なった。『この子だけは守ります！』そう言って石田を睨み付けたあの女に。

「ふざけんなああ！」

石田はがむしゃらに紗奈子の背中を蹴りつけた。

「どいつも！　こいつも！　俺を！　馬鹿に！　しやがって！」

紗奈子は震えながら石田の蹴りに耐え続けている。石田はうなり声を上げて紗奈子の長い髪を掴み、無理矢理に女から引き剥がした。そのまま部屋の反対側まで引っ張っていき、壁に紗奈子を叩き付ける。

「ふざけやがってよお！　俺より弱いくせによお！」

紗奈子が悲鳴をあげる。石田はその横顔に向かって至近距離で怒鳴り続けた。

「なんだよ！　やりかえしてみろよ！　自分じゃなんもできねえんだろうが！」

いつしか石田は父親に自分が言われたことを叫んでいた。

上級生に嘲られた言葉を口走っていた。

そして嫁に何度もぶつけた言葉を、飽き足らずに怒鳴った。

「くやしかったら、やり返してみろよ！」

大声で叫ぶと、息が乱れた。

くそ。気持ち悪い。水だ。水を飲もう。

そう思って、紗奈子を離そうとしたとき、紗奈子が消え入るような声で言った。

「だって……やり返すなんて、戦うなんて……私、できないから……」

「ああ?」

すごむ石田に見せるように、紗奈子は震える右手をゆっくりと上げた。手を広げると、カランと何かが床に落ちた。それは石田の足の間を通って、コロコロと背後に転がった。

石田は紗奈子を離した。紗奈子が床に崩れ落ちる。石田はその転がった物体を目で追って振り向いた。

プラスチック製のキーホルダーのようだった。メダルを二枚重ねて分厚くしたような形状になっている。表にはひよこのキャラクターが描いてあった。側面から2センチほどの刃が飛び出している。

「だから、なっちゃんを頼るの」

石田はゆっくりと目線を上げた。

斉藤ナツが立ち上がっていた。

紗奈子に結束バンドを切ってもらった手首をさすりながら、石田に殴られた顔を傾け、首を鳴らしながら。

「紗奈子、そのまま伏せてなさい」

斉藤ナツはそう言うと、ゆっくりと上体を落とした。できるだけ相手より大きく見せようと背を伸ばす石田とは対照的に、これでもかと腰を低くする。まるで野生動物のように。

低く構えているはずなのに、自分よりずいぶんと小柄なはずなのに、その姿は石田の目になぜかとてつもなく巨大に映った。

斉藤ナツは顔の前で拳を構えた。石田に対して何の恐れも感じていない、闘争心むき出しの目で、静かにつぶやく。

「私は、やり返すわよ」

なぜだろう。膝が震えた。

19

「藤原紗奈子は誰も頼ってこなかった」そう言うと語弊がある。

紗奈子は何度も周りに助けられてきてはいたのだ。

不器用な義理の両親に。学校の先生に。家出グループの若者たちに。ただ、自分から助けを求めたことがなかった。だから、自分を助けてくれている存在に気がつかなかった。自分は誰からも関心を持たれず、居場所もないのだと勝手に思い込んだ。あげくに男に良いようにあしらわれ、絶望し、唯一手を握ってくれた白鳥を簡単に信用した。

そして、ようやく命をかけて守りたい存在が現れた時には、死が目前に迫っていた。

紗奈子は泣きじゃくった。いつものように。絶望して、嫌になって。

そんな時、一人の大人が現れた。

紗奈子と同様、死ぬ寸前の、自分だってどうしようもない状態で、むしろ、紗奈子よりボロボロの状態の女性だった。

それでも、彼女は紗奈子に手を伸ばしてきた。実際には彼女の両手は縛られていたけれど。彼女は確かに紗奈子に手を伸ばしてくれたのだ。

手を取ってくれたわけではない。慰めてくれたわけでもない。ただ、手を出して、

「握りたいなら握れば？」と、そんなふうに。

その斉藤ナツは、紗奈子の目の前で、石田と殴り合っていた。

石田が振るった拳を辛うじて避け、隙間を縫うように出したナツの拳が、石田の頬を打ち抜く、が、次の瞬間石田が出した蹴りがナツの太ももに直撃する。ナツは体勢を崩しながらも歯を食いしばって、間髪を容れずに石田の腹を殴りつけた。

二人の攻防を見ながら、紗奈子は改めて男女の体格差という現実に震えた。

動きは明らかにナツにキレがある。石田の攻撃が一発決まる間に、ナツは最低二発を石田に打ち込んでいる。だが、あくまで一般女性の筋力の域を出ないナツのパンチは、石田の体を大きく揺らしはしない。しかし、石田の一撃が入る度に、ナツの体は大きく傾いた。一発の重さが全然違う。筋力も、リーチの長さも、全然違う。

だが、ナツは倒れなかった。

一歩も退かなかった。

すぐに体勢を立て直し、すぐさま反撃を繰り出す。さっきもあれほど痛めつけられたはずなのに。

「どうして」

気づくと紗奈子はつぶやいていた。

どうしてそんなに頑張れるの。

ナツは紗奈子に言った。『戦えば良かったのよ』と。

紗奈子はそれを聞いて何言ってるんだと思った。そんなこと出来るわけがないだろうと。あんたに何がわかるのよと。

そのナツはまさに今、戦っていた。

紗奈子が経験したどの場面よりも絶望的な状況で。傷だらけになりながら。血だらけになりながら。それでも一瞬たりとも諦めず。

ただ、生きるために。

視界が涙で揺らいだ。

何で私は逃げてしまったのだろう。両親の前から、学校から、社会から。

何で戦わなかったのだろう。ケンくんの家で。あんなに馬鹿にされて、こけにされたのに、なんで自分の命を質にとるようなことしか言えなかったんだろう。

何で自分の人生を、自分自身で諦めてしまったのだろう。

「……がんばれ」

これしか出来なかった。こんな時にまで、私の体は動かない。恐怖で震えが止まらない。目だっていますぐつぶってしまいたい。

「がんばれ」

自分が情けなかった。立ち上がって石田に飛びつくことが出来ない自分が本当に情けなかった。だから叫んだ。涙に視界が揺らぎながらも、熱い涙を頬から落としながらも、ナツを強く見つめながら声の限り叫んだ。

「なっちゃん、がんばれえええ！」

ナツの拳が石田の胸を突いた。

涙の中では全てが揺らぎ、石田も揺らぐ。いや、本当に揺らいでいた。石田の上体が確かに揺れている。たたらを踏み、ふらついている。

石田は息を苦しそうに荒く吐き、頭痛がするのか頭を何度も振った。ふらつきながら後ずさっている。相変わらず、胸を張って、ナツを見下ろすように睨み付けてはいるが、顔は苦しそうに歪んでいた。明らかに様子がおかしい。

対してナツは、フーフーと息を小さく吐きながら、腰を落とし、低い体勢で構える。

その二人の間に、燃えさかる七輪が見えた。

理科で習った気体の性質を思い出す。煙は、上にのぼって充満し、新鮮な空気を下に押し下げる。

一酸化炭素中毒。

紗奈子は悟った。だからナツは私に、伏せていろと言ったのか。

石田勇気は気づかない。あれだけワインをがぶ飲みし、睡眠薬を飲み下した石田は気づかない。事態が呑み込めず、なぜ自分が窮地に陥っているのかわからず、混乱する。だから、石田はさらに胸を張る。大きく息を吸って、まるで体をできるだけ大きく見せようとするかのように、さらに背伸びをし始める。まるで俺の方が大きいんだぞ怖くないぞと虚勢をはる子どものように。

ナツがゆっくりと間合いを詰める。

石田が後ずさる。石田の顔が恐怖に歪んだ。

ナツが進む。石田が下がる。

紗奈子は叫んだ。

「やっちゃえ！　なっちゃん!!」

後ずさり続け、遂に背中が壁に付いた石田は、恐怖のあまり叫びながら拳をがむしゃらに振るった。

その拳の間を、ナツがするりとかいくぐる。石田の両手の間に入り込み、石田の胸にピタリと体を付ける。石田の顎のすぐ下にナツの顔が滑り込んだ。次の瞬間、そのまま、まっすぐ垂直に突き上げたナツの拳が、石田の顎を打ち抜いた。

ガッと鈍い音が響き、石田の顔が完全に天井を向き、背筋がぴんと伸びてつま先立ちになった。

一瞬の間を置いて、ずるずると。壁に沿って、石田の体が崩れ落ちてくる。

石田は壁に背中をこする形で下がっていき、ぬいぐるみのように両足を投げ出した格好で腰が床に沈み、止まった。焦点の合っていない目でナツを見上げる。口をぱくぱくさせているが、声になっていない。

そんなテディーベアのようになった石田を、ナツは冷たく見下ろして言った。

「殴られるのって、痛いでしょ」

次の瞬間、ナツは渾身の中段突きを石田の顔面にたたき込んだ。

一際鈍い音が、小屋に響き渡る。

ゆっくりと、石田の体が横倒しになった。ぴくりとも動かない。

勝った。なっちゃんが勝った。

石田が動かないのを見届けたナツが、がくりと膝をつく。

「なっちゃん！」

駆け寄った紗奈子は、ナツの有様に言葉を失った。顔は腫れ上がり、口から血が伝っている。息も苦しそうだ。紗奈子も心なしか、息苦しい気がした。軽い頭痛も感じる。

紗奈子は一酸化炭素が確実に充満しつつある部屋を見渡した。

はやく二人で小屋を出ないと。

そう思って立ち上がろうとした紗奈子の肩を、甲を傷だらけにしたナツの手が掴んだ。

「……だけ……わよ」

「え？」

斉藤ナツは繰り返した。荒い息の中、絞り出すように。

「……一度だけ、聞くわよ」

ナツが紗奈子を睨み付ける。

「子どものことは……関係ない。結局のところ、あんた、あんた自身は、どうなの」

ナツがもう片方の拳で紗奈子の胸を突いた。

「死にたいの？」

紗奈子の胸が再び突かれる。弱々しく、でも、確かな硬さを持って。

「生きたいの？」

ナツの強いまなざしが紗奈子の瞳を貫く。


どうなの。


紗奈子は、震えながら息を吐き、必死に呼吸を整えた。

ナツは静かにそれを待った。

「い、生きたい」

ようやくそう絞り出した紗奈子の頭に、「そっか」と、ナツの手の平がぽんと乗せられた。

ナツはふうっと一度息を吐き、そして叫んだ。

「じゃあ、行くわよ！」

紗奈子も涙を拭って頷いた。

「うん！」

20

白鳥幸男が異変に気がついたのは、ちょうど黄色いミニクーパーが湖に沈んで行くのを確認した所だった。

水辺の直前でアイドリング状態のまま乗り捨てられたナツの愛車は、クリープ現象で徐々に自ら入水していく。先ほどまで並んでいた石田の車はすでに湖の底だ。

白鳥がいるここは、ナツがキャンプをしていた湖畔フリーサイトの対岸にあたる。

ナツからは夕暮れの暗さと木々の影が相まって確認できなかっただろうが、小さな港のようになっており、キャンプ場の全盛期にはこちらもスワンボートが並んでいた。そして、この古びたボート乗り場の裏手には白鳥の生まれ育った実家がある。かなり大回りになるが、車道も通っている。その車道を利用して白鳥は二人の車をここまで運んだ。一人で往復しながら二台の車を運転してくるのは流石に骨が折れた。あとは紗奈子のスポーツカーをなんとかするだけだと伸びをする。

さて、そろそろ旅立ちは終わっただろうか。

そう思ってロッジの方を振り返った白鳥は凍り付いた。

ロッジ周辺の空が赤い。

白鳥は趣味で所有しているオフロードバイクに飛び乗り、ロッジに急行した。暗くて細い車道をバイクのヘッドライトで照らしながら走り抜け、旅立ちの場であるロッジに着くと、愕然とする。

ロッジが半分炎に包まれていた。

見ると、小窓のガラスが割られている。口を押さえながら中をのぞき込むと、七輪が横倒しにされ、床に炎が広がっていた。その炎がカーテンを伝い、天井にまで燃え広がっていた。奥には石田が糸の切れた操り人形のように座り込んで気絶している。

あの女二人はどこに行った。

小屋の中にはいない。周りを見回すと、足下に白鳥がスペインから取り寄せた生ハムの原木が転がっていた。側に専用の台座もひっくり返っている。これでガラスを割って外に出たらしい。

事態を悟った白鳥はゆっくりと後ずさった。ロッジが炎に包まれていく。

どこに逃げた。どこに向かうつもりだ。

白鳥は駐車場の方向に顔を向けた。

山を下りようとしているのだろうか。

だが、ナツの車は湖に沈んでいる。紗奈子の車は途中の山道で動かなくなっているはず。

車がなければ、山道を走っても、女二人では、近くの民家まで2時間近くはかかるだろう。対して、白鳥が逃亡に気がついて車で追えば、十分もせずに追いつかれる。そんな愚かな逃避行をするだろうか。

そうか。

考えがまとまった白鳥は再びバイクに飛び乗り、来た道を引き返した。湖の反対側、旧白鳥家に向かう。

実家に着くと、白鳥は靴を履いたまま生まれ育った我が家に上がり込んだ。まっすぐに倉庫に向かう。引き戸を開けると、手前に古びた消火器が置いてあった。

白鳥はその消火器に見向きもせず、棚をあさった。

まず、ヘッドライトを取り出す。額に縛り付け、スイッチを入れるとかなりの光量で倉庫が照らし出される。角度を微調節した後、白鳥は倉庫の奥に進んだ。

そこには、祖父の代から集められていた父のコレクションが置いてあった。ほとんどが売り払われてしまったが、あの日の手漕ぎボートと同様、父は一番大事なものだけは後生大事にとっておく癖があった。白鳥は棒状のそれを手に取り、しばらく見つめた後に背負った。

白鳥は家の外に出た。

二人の行き先はわかっている。

白鳥は夜空を見上げた。雲に半分隠れた月明かりが白鳥を照らす。

救わなければならない。

使命感に動悸が高まるのを感じた。だが、白鳥は気がつかない。その胸の高なりが興奮であることを。鼻息が荒くなっていることを。

あの、無様なまでに生にしがみついてしまう二人を、送り出さねばならない。

自分の顔がいつもの微笑みを浮かべているのを感じた。だが、白鳥は気がつかない。

その笑みが凶悪に歪み始めていることを。

僕が二人を、救わなければならない。

21

私は走っていた。紗奈子の手を引いて、湖の周りの林を。自分のキャンプサイトに向かって。

「なっちゃん？　なんでこっち？」

紗奈子が不安げな声を上げる。紗奈子としては、当然、駐車場から続く車道から山を下りるものと思っていたのだろう。

事実、二人で一度は駐車場に向かった。しかし、私の愛車はすでになかった。白鳥の車が駐車場にはあるはあったが、無論鍵がかかっており、使えない。つまり、逆に言えば、山道を走っておりようとしたところで、逃走に気がついた白鳥に車ですぐに追いつかれてしまうということだ。

次に、二人で電話を探した。逃げられないなら、助けを呼ぶしかない。しかし、周辺の受付の建物なども手当たり次第に探してみたが、回線が通じている電話は一つもなかった。ロッジを出る際に気絶した石田の服も探ってみてはいたが、スマホは持っていなかった。紗奈子の充電切れのスマホも白鳥に預けたらしいから、石田も同様だったのだろう。

残るは、私のスマホだけだ。

私は白鳥に気絶させられる直前に、スマホを放り投げた。音からして浮かんでいた古いボートの上に転がったはず。つまり、湖畔のフリーサイトに戻れば、通信手段が手に入るということだ。

時間稼ぎで七輪をひっくり返しては来たが、うまく燃え広がったところで、白鳥はすぐに消火して追跡を開始してくるだろう。だから走った。日中に薪を拾いながら歩いた林道を二人で走った。月が若干出ているようだが、林の中では月明かりなどないに等しい。受け付けのカウンターの奥で見つけた古い懐中電灯一つを頼りに、紗奈子を連れて走り抜ける。

脇腹が痛い。正確にはあばらだ。多分、最低でも骨にヒビぐらい入っているだろう。息を吐く度に鈍い痛みを感じる。

「なっちゃん、大丈夫?」

返答する余裕はなく、前を向いたまま頷く。もう少しだ。もう少しで湖畔のフリーサイトに着く。

紗奈子がぎゅっと私の手を握りしめた。先ほどの殴り合いで拳も痛めたのだろう。痛みが走るが、それでも私は強く握り返した。

ようやく私のサイトにたどり着いた。

焚き火台の火は完全に消えている。古びた懐中電灯の頼りない光で辺りを照らし、まず、自分のLEDライトを捜し当てた。スイッチをONすると、懐中電灯とは比べものにならない光量でサイトを照らし出す。私はその光を水辺に浮かぶボートに向けた。ボートの端から端まで照らし出す。

私のスマホはなかった。

背中に冷水を浴びせられたようだった。一瞬目の前が暗くなる。息を吐いて目をつぶり、思わず歯ぎしりをする。

なんて楽観的な判断をしていたんだ私は。

よくよく考えれば、ボートに音を立てて転がったスマホに、白鳥が気づかない訳がない。当然のように回収されて、今頃は車と一緒に湖の底だ。

私がパニクっているのが一目瞭然だったのだろう。紗奈子は私の当てが外れたことを悟ったようで、オロオロと周りを見回した。そして、腹を決めたかのように私に向き直った。

「た、戦う？」

そう言って、紗奈子は近くにあったスキレットを持ち上げた。武器選択としてはこれ以上ないナイスチョイスだが、スキレットを握りしめた紗奈子の手は小刻みに震えていた。

紗奈子は私の今日の戦いを全部見ている。

ラウンドワンは、まさにこの場で、白鳥に手も足も出ないままKOされた。ラウンドツーは先ほど、一酸化炭素が充満するロッジで、意識が朦朧としている石田相手に辛うじて勝ちを拾った。しかし、こっちの体もボロボロだ。端から見たら、さぞ無様な殴り合いだっただろう。

紗奈子だってわかっているのだ。まともに戦っても勝ち目がないことは。

考えろ。考えろ斉藤ナツ。

ふと、ボートに目をやった。

かなり古びている。金具にも錆が見られる。だが、木材が腐っている様子はない。よく見れば、ボートの中にはオールも置いてあった。そして、二人乗りだ。

私はゆっくりと、片足をボートに乗せた。ボートはゆらりと傾いたが、浸水する様子はない。覚悟を決めて体重を乗せ、もう片方の足もボートに移し、完全に乗り移った。

大丈夫だ。沈まない。まだ使える。

「紗奈子」

ぽかんと口を開けている紗奈子に向かって私は言った。

「私を信じて」

紗奈子はゆっくりと口を閉じ、そして力強く頷いた。


手漕ぎボートの操縦は思いのほか難しかった。オールを固定できるはずの金具が壊れて使い物にならない。しかも、オールは片側が折れており、まっすぐ進むためには毎回、左右にオールを移動させなければならない。私は脇腹の痛みに歯を食いしばりながら、一漕ぎ一漕ぎ、まるで這うように水面を進んでいく。

両膝に挟んだ懐中電灯で前方の水面を照らし出す。しかし、恐らく単一電池なんかを光源にしているのだろう。古い懐中電灯の明かりでは、数メートル先はもう真っ暗だ。頼りにしていた月も、今は完全に雲に入ってしまっている。肝心なとき、あんたはいつもそうだよね。思わず月を睨み付ける。

今、自分がどの辺りを進んでいるのかよくわからないが、まだ湖の中央にも届いてはいないだろう。もっと速く進まなければ。

しかし、私はボートの操縦に慣れているわけではない。しかも、このボートは壊れかけだ。ボートは遅々としてなかなか進まなかった。焦りが募る。

甲高い鳴き声とともに、近くで一匹の水鳥が飛び立った音がした。ばしゃりと水面が鳴り、ばさばさと羽音が遠ざかっていく。

驚かしちゃった？　ごめんね。

そう水鳥に胸中で謝った時だった。先ほどとは比べものにならない数の鳥たちの鳴き声が聞こえ、一斉に水鳥が飛び立つ羽音と水音が湖畔中に響いた。あまりの騒々しさに思わず肩をすぼめる。

そして気がついた。鳥の鳴き声に紛れて、異音が響いている。私はそこで、この鳥たちは私から逃げている訳じゃないことがわかった。

全く予想外の方向。私が進んでいる方向の斜め前方の対岸から、低い、それでいて、けたたましい音が響く。

それがエンジンの重低音であることに気がついた私はがむしゃらにオールを漕いだ。脇腹の痛みも、右手の痛みも無視して、必死に両手を動かす。

白鳥の最新式のモーターボートが、すさまじい速度で迫ってきていた。

22

白鳥幸男を、かつてないほどの興奮が支配していた。

これまで、何人もの自殺志願者をロッジで送り出し、湖に遺体を沈めてきたが、抵抗し、逃げていく相手を追い詰めるのは初めての経験で、全身の血がたぎっていた。その顔には、藤原紗奈子の信頼を勝ち取り、斉藤ナツの目をごまかしたあの爽やかな笑顔は完全にどこにもなかった。狩りの楽しさに目覚めた、欲望に支配された醜悪な笑みがべったりと張り付いていた。

それでも白鳥は思い込んでいた。思い込もうとしていた。自分につぶやき続けていた。僕は救う。この世の苦しみから、あの二人を救ってあげるんだ。自慢の、磨き上げられたモーターボートはエンジンを唸らせながら水面を滑るように進む。

まっすぐキャンプサイトに向かっていたが、おぼろげな光を頼りに水面を進む手漕ぎボートを見つけて、白鳥は思わず噴き出した。あんなおんぼろボートでどこに行こうと言うのだ。

船首を手漕ぎボートの方に向け、追跡を開始する。ぐんぐんと距離が縮まっていく。あと十数秒もすれば、追いつくだろう。さあ、どうする。

その時、湖のちょうど中央まで来た手漕ぎボートがふと動きを止めた。何の偶然か、そこはちょうど、いつも白鳥が遺体を沈めている辺りだった。

何事かと思い、白鳥もボートを止める。

バシャリ。

重い物が水面に落ちた音がする。

嫌な予感がした白鳥は、急いで船首に備え付けのライトの光量を強め、角度を調整し、手漕ぎボートを照らした。手漕ぎボートは白鳥に対して横向きになって浮かんでいた。

船の上に女の背中が見える。あの上着の色は、紗奈子がなっちゃんと呼んでいた女だ。そう思った次の瞬間、そのなっちゃんはすっと湖に身を投げた。ボートを挟んだ向かい側に。ゆっくりと。まるで観念したかのように。全てを諦めたように。

バシャリ。

再び水音が鳴り、深夜の湖畔に沈黙が訪れた。

白鳥はモーターボートをゆっくり進め、無人になった手漕ぎボートに横付けし、エンジンを止める。

白鳥はモーターボートから身を乗り出し、額のヘッドライトで手漕ぎボートを照らす。船体の中には、なっちゃんの靴と、紗奈子の靴が綺麗に横並びに置いてあった。

逃げ切れないと悟り、自ら旅立ったのか。

白鳥の理念としては、理想の展開であった。自ら旅立つのであれば、それにしたことはないのだから。

しかし、白鳥を大きな落胆が襲っていた。それが、自分が狩りをし損ねたが故の落胆であることに、白鳥は気づこうとはしなかった。

諦めきれず、首を振り、ボートの周辺をヘッドライトで照らす。飛び込む振りをしてボートの陰に隠れているのではないかと勘ぐったのだ。しかし、水辺の暗闇には何も見つからない。考えてみれば、体重をかけてボートの縁に掴まれば、確実にボートは大きく傾くはずだ。かといって着衣の状態で、何にも掴まらないまま、沈まず、浮かばずの状態で淡水の水中に潜り続けるなど、水泳選手であっても至難の業である。まず不可能だ。

白鳥の極限まで高まっていたテンションが急降下する。投げやりになった白鳥がさっさと引き返そう思ったとき、船体に並べられた紗奈子の靴の側に、白い封筒が立てかけてあることに気がついた。

白鳥は慎重に手漕ぎボートに乗り移った。ぎしりと船体が揺れる。揺れが収まってきたタイミングで封筒を拾い、白鳥は手漕ぎボートの上で立ち上がった。

封筒には「遺書」と書かれていた。裏をめくってみると、「ケンくんへ」と書いてある。

白鳥は紗奈子との約束を思い出した。確か、スポーツカーを適当な場所に放置して、ダッシュボードにこの手紙を入れておいてほしいという頼みだった。白鳥はもちろん快諾した。そして、紗奈子は最後の最後、その約束だけは果たしてくれという意味でここに残したのだろう。

未練がましい。白鳥は鼻で笑って手紙を湖に放った。

初めから、紗奈子との約束を守る気ははなかった。スポーツカーを白鳥が移動させて放置するなど、リスクが高すぎる。どうせ紗奈子が死んだらスポーツカーも湖に沈めるつもりだった。死人に口なしである。白鳥の理念からすれば、この世界に未練をたらたら残すような死に方自体が浅ましかった。

白鳥が投げ捨てた封筒は風の抵抗を受けたのか、思ったよりボートの近くに落ちた。一瞬、未練がましく浮遊したあと、音もなく水中に沈んでいく。

その様を見つめていた白鳥はぎょっとした。水中からぶくぶくと泡が浮かんでくるのだ。

次の瞬間、白鳥が乗っている手漕ぎボートの船体が大きく揺れた。

何にも掴まらずに立っていた白鳥の体がバランスを崩して揺らぐ。あわてて両手を振り回してバランスをとろうとするが、逆効果だった。追い打ちをかけるようにボートは揺さぶられ続ける。

船の下に何かいる。

あの女たちか？　あり得ない。うまく隠れていたとしても、海とは違って淡水だ。確実に沈んでしまうはずだ。じゃあなんだ。なんなんだ。

脳裏に白鳥がこれまで沈めてきた人間の顔が次々に浮かぶ。

馬鹿な。僕はやつらを救ってきたんだぞ。感謝こそされても、恨まれる筋合いは……。

そう心の中で叫んだのと同時に、ボートは完全にひっくり返った。白鳥は投げ出される。何人も死に誘導し、その遺体を沈め続けた水面に向かって、白鳥の体が近づく。

僕は……。

次の瞬間、白鳥の体は暗い水中に完全に呑み込まれた。

23

私はひっくり返したボートの腹にしがみつくように上体を乗り上げ、これでもかと空気を吸い込んだ。その空気をゼーゼーと吐き出し、またむさぼるように酸素を摂取する。

完全に横転し、船の腹を上に向けている手漕ぎボートの上に体を全て移動させ、呼吸を整える。

あぶない。死ぬかと思った。

体にへばりついた上着を引き剥がすように脱ぎ捨てる。上着の下に着込んでいた古びたライフジャケットが姿を現す。これがなければ確実に沈んでいた。

手漕ぎボートが使えるとわかった時、すぐに一か八か野原の倉庫まで引き返して、このライフジャケットをとってきた。無造作に並べられていた中で一番傷みが少ないのを見繕ってきたつもりではあったが、果たしてしっかり機能してくれるかは賭けだった。

結果、賭けには勝った。ライフジャケットは確かな浮力を私にもたらした。

わざと白鳥がぎりぎり見えるであろう位置で水中に入り、水面から浮き上がった頭部をボートの陰に隠す。タイミングを見計らってボートの底に移動し、後は我慢比べだ。なかなかボートに乗り移ってこないから、あのままボートの底にしがみついたまま窒息するかと思った。

思いのほか、白鳥の接近が早かったため、準備に時間がとれずになかなかギリギリの作戦となったが、なんとかうまくいったらしい。

首を巡らしてさっきまで自分がいたキャンプサイトを見る。そこには、LEDライトの光が見えた。私に気がついて光が振られる。紗奈子だ。

まったく。成功する可能性は低いから、先に逃げておけと指示をしたのに。あのライトがあれば、紗奈子一人でも自分が行きしなに迷い込んだルートをもう一度通って、車道に出られたはずだ。そうすれば、私が勝てなくても時間さえ稼げれば、紗奈子は逃げ切れるかもしれない。そう打ち合わせたはずなのだが。

紗奈子は初めから、私を置いていくつもりはなかったらしい。

あきれながらも手を振り返す。紗奈子のライトがうれしそうに上下に動いた。跳びはねているのだろう。

さてと。

白鳥のモーターボートに目を向ける。操縦できるだろうか。まあ、やってみよう。

私がモーターボートに乗り移ろうと上体を起したその時、水面から突然、腕が飛び出してモーターボートの縁を掴んだ。

私があっけにとられている間に、もう片方の手も縁をつかみ、ザバリと男が水面から飛び出してきた。モーターボートによじ登り、甲板の上を転がった。ごほごほと咳き込む音とともに、額のヘッドライトの光が周囲を照らす。

白鳥だ。

私は弾かれたように水面にダイブした。モーターボートに背を向け、がむしゃらに紗奈子がいる岸の方に泳ぎ出す。

なんですぐさまモーターボートに移っておかなかったんだ。後悔しても遅かった。今から乗り移って、白鳥とまともに戦っても勝ち目はない。となれば、逃げるしかない。

私は泳ぎが得意な方だ。だが、先ほどあれだけ頼もしかったライフジャケットが、今度は私の動きを制限していた。クロールをするつもりが、浮力のために顔を上げたまま犬かきのようになってしまう。だが、逆に言えば気道は完全に確保されていた。だから叫んだ。

「紗奈子！　逃げて！　逃げなさい！」

LEDの光と、紗奈子の影が右往左往する。だが、一向に逃げようとしない。ちくしょう。逃げてくれ。

「あんただけの体じゃないでしょうが！」

紗奈子の体がびくりと止まる。卑怯な言い方だ。そんなことはわかっている。でもこうでも言わないと、紗奈子は走り出さない。そう思った。

「母親になるんだったら、子どもを守りなさい！」

紗奈子の体が弾かれるように動き出した。木々の間に姿が消え、LEDの光が木々の間を移動していくのが見える。

後ろから、あのエンジンの重低音が絶望的に響いた。

ある程度の距離は稼いだつもりだが、モーターボートが進み出せば、ものの数秒で私は弾き殺されるだろう。必死に泳ぎながらも今日何度目かの死を覚悟する。

しかし、エンジン音が鳴り響くばかりで、モーターボートはいつまでたっても突っ込んでこなかった。

肩越しに後ろを振り返る。白鳥が船尾のモーターをのぞき込んで悪態をついている。どうやら何かが引っかかったらしい。

よし。今のうちだ。

ライフジャケットの浮力にも体が対応してきたのか、私の泳ぐスピードも上がっている。いける。逃げ切れる。

そう思った矢先、ざばんと派手な水音が響いた。反射的に振り向いた私は恐怖した。シャツを脱ぎ捨て、上半身裸になった白鳥が水に飛び込んでいた。ヘッドライトは着けたまま、背中には棒状の物を背負っている。そんな馬鹿みたいな格好で、クロールもどきの犬かきをする私に、競泳選手のようなバタフライで、恐ろしい勢いで迫ってきた。

私は叫び出しそうになりながら、必死で手足を動かす。

岸が遠い。あと30メートル。

20メートル。

10メートル。

5メートル。

浅瀬になったのか裸足の両足が湖の底に着いた。全力で泥を蹴り、岸まで駆け上がる。

自分のキャンプ道具を蹴り飛ばしながら、紗奈子が通っていったであろう林の中に入っていく。

しばらく進むと真っ暗になり、木々にぶつかりそうになる。手探りで進むしかない。小石や小枝が足の裏に突き刺さるのを感じるが、かまっていられない。

後ろを振り返ると、白鳥も上陸し、ヘッドライトで辺りを照らしている。私を捜しているのだ。焦りのあまり、歩を早める。そして当然のように前方の木の幹に衝突した。

その場にしゃがみ込み、ぶつけた箇所押さえ込む。

だめだ。暗すぎる。まったく見えない。これじゃ進めない。

このままここに隠れても、すぐに見つかるだろう。かといって、こんな暗闇で明かりもなく、道もわからない林を抜ける事など、出来るわけがない。

でも、あきらめる訳にもいかない。

ここで私が殺されたら、すぐに白鳥は紗奈子の追跡に入るだろう。私が時間を稼げば稼ぐほど、紗奈子の生存率が上がる。0・何パーセントかはわからないが。

それでも、やれることをやろう。

そう決意して、顔を上げた私は面食らった。

女の子が立っていた。

漆黒と言っていいほどの暗がりの中、その小柄な少女の白いワンピースは、まるで切り絵のように鮮やかに浮かんでいた。

彼女は私に背を向けていた。ショートカットの黒髪がすっと動いたかと思うと、少女は木々の間を縫うように進んでいった。そして、数メートル先で止まった。相変わらず背を向けてはいるが、まるで私を待っているかのようだった。

ついてこいってこと？

私は恐る恐る、彼女の動きをトレースするように進んだ。ぶつからない。しかも歩きやすい地面だ。私には全く見えないが、小道でもあるのかもしれない。

私が追いつくか追いつかないかのところで、彼女はまた滑るように移動する。その軌道を真似て、私も後を追う。初めは半信半疑で移動していたが、繰り返すうちに、完全に彼女を信じることに決め、ほとんどかけ抜ける形で彼女を追った。彼女も私のスピードに合わせるように、動きを速める。

そして、ふっと彼女の姿が消えた。

そりゃないよ。と思ったと同時に、裸足の足がアスファルトを踏みしめた。雲から顔を出した満月が、車道を照らしている。

林を抜けた。

荒い息を整えながら車道を見回す。見覚えがある。キャンプ場に来るときに、ミニクーパーで通り抜けた小道だ。なだらかな傾斜がある車道で、この道を下れば、山を下りられる。下りの方向を見ると、少し先に白いワンピース姿が見えた。まだ案内してくれるらしい。ありがたい。

そう思って、走り出そうとした瞬間、彼女と私の間に人影が飛び出してきた。ヘッドライトが私を照らす。

「おや？」

白鳥は月明かりの中、醜い笑みを浮かべた。

「先回りしたつもりでしたが、先を越されてしまいましたか」

そう言って、白鳥は裸の上半身に背負っていた日本刀を手に取った。するりと鞘から抜き、鞘はそのまま道に放った。鋼の刃が月明かりを反射させる。

ラウンドスリーだ。

24

「暗い林を、明かりもなしにこんなに早く移動するなんて。すごいですね。どうやったんですか。なっちゃんさん」

白鳥は周りを見渡し、そしてまた私に向き直った。すぐ後ろにいる白いワンピースの彼女には気がつかない。

白鳥には見えないのだ。

「なにがなんでも私たちを殺すつもりなんだ」

そう言うと、白鳥は肩をすくめた。

「殺すなんて人聞きが悪いですね、旅立たせてあげるだけです」

白鳥はまたにやりと笑った。

「僕が救ってあげるんです。あなたも。紗奈子さんも」

「そう」

私は白鳥の背後を見る。彼女はもうこちらに向き直っていた。じっと白鳥を見ている。

「じゃあ、そうやって、絵美ちゃんも、あんたの親も、救ってあげたんだ」

白鳥の動きがピタリと止まった。

「あなた言ったわよね。『絵美ちゃんに次いで、両親も送り出した』って」

白鳥の顔から笑みが徐々にひいていく。

「そして、こうも言った」

『僕の両親のように、最期まで生にしがみつこうとしてしまう人は、います。絵美ちゃんのように、自分一人では旅立てない人もいます』

白鳥の笑みが完全に消えた。

「まるで、自殺を止められなかった、彼らが勝手に死んだ、みたいな感じで語ってたけど、言葉の端々に真実が出ちゃってんのよ。ふざけんじゃないわよ」

私はぎゅっと両の手を握りしめた。


「三人とも、あんたが殺したんでしょうが」


白鳥は答えない。

「そう。考えてみれば、あんたの両親が死んだタイミングがどうもおかしいわ。経営がどん底の、あんたの学生時代時に死ぬのならまだしも、息子が無事に就職して、立派に収入も得て、久しぶりに帰ってきたタイミングで自殺なんてする？　あんたが両親を殺すために実家に帰ったのだと考えるとつじつまが合うわ。久しぶりに家族でロッジに泊まろうよなんて言えば、あんたの親は喜んでそうしたでしょうね。お酒でも勧めれば、うれしそうに飲んだでしょう。後は、両親が寝静まったタイミングで練炭に火を付けるだけ」

白鳥は、能面のような表情で私を見る。

「絵美ちゃんもそうなんでしょ」

白鳥の背後に立つ彼女は動かない。表情も変わらない。だが、彼女はじっと白鳥を見つめていた。

「あなたの中学時代の恋人、絵美ちゃんのことよ」

白鳥越しに、絵美の顔を見つめる。端正な幼い顔つきだった。月が出ているとはいえ、暗がりのはずだ。それでも彼女の顔は不思議とはっきり見えた。目の下の泣きぼくろまで、はっきり見える。そして、彼女のその頬に、赤黒いあざがあった。まるで、先が平べったい棒で思いっきり突かれたような。

さっきまで必死で使っていた先が片方折れたオールを思い出す。

「そっか。水中から浮かぼうとした絵美ちゃんを、あんた、オールで突いたんだ」

白鳥が目を見開く。

その目が、正解であることを語っていた。

あんな重い物で、恋人の顔を。

「わかるわよ。うざったくなったんでしょ。めんどくさくなったんでしょ」

私は、白鳥に語りかけながら、徹を思い出した。彼のメガネの奥に見えた、悲しそうな目を。

「自分がただでさえしんどいときも、自分より不幸な話なんてききたくないもんね」

なぜ、私は彼に優しく出来なかったんだろう。なぜ、一緒にいてあげられなかったんだろう。

徹はあんなにも、私に助けを求めていたのに。

「だからあんたは殺したんだ。あなたのことを心のよりどころにしてた、あなたに必死に助けを求めていた、まだ中学生の女の子を」

私は白鳥を睨み付けた。まるで過去の自分も同時に睨み付けるように。

「あんたが殺したんだ！」

私の声が夜の山に響き渡る。

白鳥は、ゆっくりと日本刀を構えた。刀を頭の上に掲げ、上段に振りかぶる。白鳥の目は、私への殺意で染まっていた。

私も、負けじと白鳥をにらみ返す。

「なんでわかったか教えてあげようか？　後ろにいるからよ。絵美ちゃん。あなたのすぐ後ろ」

白鳥は動じない。私を見つめたまま、一分の隙もない構えで、じりじりと距離を詰めてくる。

「ショートカットがよく似合ってるわ。泣きぼくろが可愛い子ね」

白鳥の顔が驚きで固まる。反射的にであろう。一瞬、ほんの一瞬、白鳥は背後に視線を送った。

そのあるかないかの一瞬に、全てを賭けた。

私は体に残った力を一点集中させて、白鳥に向かって突進した。白鳥が即座に反応して、防御体勢に入る。

その白鳥を尻目に、私はその横を全速力ですり抜ける。

私が離脱に全振りしたことに気がついた白鳥が、驚くべき速度で体勢を変え、すれ違いざまに合わせて日本刀を振りかぶった。

切られる。

その瞬間、山中に甲高いクラクションの音が響き渡った。

白鳥がびくりと瞬間的に動きを止める。そこを私が走り抜ける。

抜けた。そう思った瞬間に、ぱんっと乾いた音が背後で響き、着込んでいたライフジャケットが背中で弾けた。中に詰まっていた発泡素材が散らばる。それを見て、振り向きざまに切り付けられたことを理解する。

私は足を止めなかった。走り続けられているということは、体はまだ繋がっているということだ。白鳥を見つめる絵美の隣をすり抜け、私は走り続けた。

一呼吸遅れて、白鳥が舌打ちし、私を追いかけて来るのがわかった。

だが、白鳥は日本刀を手に持っている。速度を出すには限界があるはず。対して私も手負いで裸足である。逃げ続けるにも限界があるだろう。

クラクションは鳴り響き続けている。何度も、何度も鳴らされる。

どこから鳴っているんだ。

鳴り響くクラクションはどんどん大きくなっている。前方からか。

角を曲がったところで唐突に、目の前が明るく照らされた。進行方向にヘッドライトが点灯した赤いスポーツカーが見えた。無様にも左の後輪が溝にはまって大きく傾いている。その運転席のドアを開け、半分乗り込む形でクラクションを連打する赤いワンピースの少女の姿が見えた。

「なっちゃん！」

紗奈子がドアから顔を出して私の名を叫ぶ。

「扉を閉めて！」

私も叫んだ。紗奈子は即座に運転席に完全に体を入れ、ドアを閉める。

私は今にも動かなくなりそうな両足の筋肉に発破をかけた。お願い。むこう半年動かなくてもいいから、今だけ頑張って。

私は一切スピードを緩めずにスポーツカーに突進した。ボンネットにぶつかるように手を突き、そのまま回り込んで、飛び込むように助手席に滑り込む。即座にドアを閉め、叫んだ。

「鍵！」

紗奈子が急いでロックボタンを押す。次の瞬間、運転席のドアにバン！　と白鳥が体ごとぶつかってきた。紗奈子が悲鳴を上げる。

白鳥は運転席のドアをガチャガチャと狂ったように開けようとする。しかし、流石に車のドアのロックはそう簡単に開く物ではない。白鳥がドアの窓ごしに私たちを睨み付けてくる。

紗奈子は半泣きになりながら、アクセルを踏む。しかし、エンジンがうなっても車はかすかに揺れるだけで、タイヤが溝から出る気配はない。

私は何か見落としがないか操作系統を見回した。ハンドブレーキは下がっている。PからLまである少し古いタイプのシフトレバーはちゃんとDに入っている。んっ？　D？

坂道発進や、ぬかるみにはまったときはパワーが出るLを使うのが基本だ。自動車教習所で習わなかったのか。そこで私は思い出した。紗奈子は無免許だ。

紗奈子がまた悲鳴を上げた。見ると白鳥の姿が見えない。白鳥の姿を捜して、視線を巡らすと、白鳥のうれしそうな顔が目の前にあった。白鳥がボンネットによじ登っていた。白鳥の重みに、ボンネットがぼこりと音を立てる。白鳥の額のヘッドライトが私たちを照らす。

白鳥はフロントガラスにへばりつくように私たちを見下ろし、日本刀の柄の頭を思いっきりフロントガラスに叩き付けた。ビシリと乾いた音とともに、フロントガラスに大きなヒビが入る。

もう一撃やられたら、フロントガラスは木っ端微塵だろう。そうなれば、白鳥は私たちを刺し放題だ。

「なっちゃん!!」

紗奈子が半狂乱になりながらアクセルを踏みしめる。

白鳥の顔が勝利を確信する。

私はその顔をまっすぐ見返した。

自動車の後輪が、ぬかるみや段差にはまったとき、対策はいくつかある。

例えば、Lなどの高出力なギアに切り替える。

例えば、後ろから押す。

例えば、前から引っ張る。もしくは、重しを使って車の前方に重心を移動させる。

それこそ、ボンネットの上に人が乗ったりして。

私は無言でシフトレバーをLに入れた。

ガタン。

ゆっくりと、車体が前に進み、傾いていた車内が水平になった。

白鳥は急に揺れた車体にバランスを崩し、慌てて後ずさり、地面に降り立った。白鳥の額の小さなヘッドライトとは、比べものにならない光量の車のヘッドライトが、唖然とした表情の白鳥の全身を照らす。

紗奈子もぽかんと口を開け、驚きのあまりアクセルから足を離している。

先に我に返ったのは、紗奈子だった。

「えっと、逃げなきゃ。Rでバックして……」

逃げる？　冗談じゃない。

私はゆっくりと、シフトレバーをDに入れた。驚いた紗奈子と目が合った。私が頷く。

ゆっくりと二人で前を見る。

白鳥が背を向け、日本刀を放り出して、一目散に走り出した。

「やっちゃえ。さっちゃん」

紗奈子は叫び声を上げながら全力でアクセルを踏み込んだ。

25

紗奈子が叫ぶ。

私も叫ぶ。

白鳥も叫んでいた。

白鳥は全力で坂を駆け上がる。すごい速度だ。対して紗奈子はこれでもかとアクセルを踏み込む。スポーツカーのエンジンがうなり声を上げる。

秒読みでもするかのように、白鳥の背中が迫ってくる。

そこで、白鳥が一か八か林に逃げ込もうとしたのだろう。大きく左に体を向けた。

「逃がすかあ!」

紗奈子はここぞとばかりにハンドルを左に切った。

そこから先は、私の目にスローモーションのように再生された。

まず、鈍い音とともに、白鳥の体が宙を舞った。

　そして、急ハンドルに堪えかねたスポーツカーが地面を滑りながら、ゆっくりと横転する。ヒビだらけのフロントガラスの先の世界が上下逆さまになる。そして、その先には林の木々が回転しながら迫っていた。

　私は、反射的に紗奈子の座席に身を乗り出し、彼女のお腹に抱きついた。

　次の瞬間、車は横転しながら林に突っ込み、これまで経験したことがない衝撃が体を襲い、私の意識は途切れた。


「なっちゃん！　なっちゃん!!」

　顔を無遠慮にぺちぺち叩かれ、顔をしかめる。散々殴られた後なんだぞ。少しは配慮してくれ。

　ゆっくりと目を開けると、紗奈子がのぞき込んでいた。まだ車の運転座席のようだ。頭の後ろでプシューと空気の抜ける音がする。見ると大きな白いクッションが風船のように縮んでいっていた。どうやらエアバッグが無事作動してくれたらしい。

　ドアを開け、二人でもつれ合うように外に転がり出る。

　車は、ちょうど見事に一回転したようで、タイヤが地面に着いている正常な上下関係で停止していた。しかし、車体は悲惨だった。

車体の後ろはそれほどでもなく、ガソリンが漏れているような様子もない。何なら、まだエンジンがかかっているのか、お尻の排気口からはどす黒い煙が音を立てて排出されていた。ひどいのは前方だ。フロントガラスが完全に消し飛び、白鳥が乗っていたボンネットは握りつぶした折り紙のようだった。ケンくんの愛車は確実に廃車だな。ざまあみろ。

頭痛と吐き気を押さえながら、私は周りを見渡した。そして見つけた。

白鳥はアスファルトの車道に転がっていた。這いつくばって、林に逃げ込もうと必死に体を引きずっている。私はその前に立ち塞がり、黙って見下ろした。

白鳥も車に負けず劣らず悲惨だった。片手と片足があらぬ方向に曲がっている。

白鳥は荒い呼吸で私を見上げた。

「いいですか。僕は……」

そこで白鳥が悲鳴を上げた。私が白鳥の両手を、恐らく折れている方の手も含めて引っ張ったからだ。

「さっちゃん、手伝って」

紗奈子が困惑した顔で近づいてくる。

「両足持ってくれる？　運びたいの」

白鳥が「ひっ」と悲鳴を上げる。

紗奈子は白鳥の曲がった足を見て、数秒躊躇したが、意を決したように両足をむんずと掴んで持ち上げた。

白鳥の悲鳴が山にこだまする。私はそれを無視して白鳥の体を運んだ。スポーツカーの後輪のすぐ後ろまで来ると、ドサリと白鳥の体を地面に落とす。それを見て、紗奈子も両足からぱっと手を離す。

白鳥が目一杯首を伸ばして、私を睨み付けて叫んだ。

「こんなことして、何の意味が……」

私はその後頭部を両手で掴むと、白鳥の顔面をスポーツカーの排気口に押しつけた。

どす黒い煙の中に、白鳥の頭部が包み込まれる。

数秒の沈黙のあと、白鳥が狂ったように暴れ出した。ごほごほと咳き込みながら、折れた手足にもかまわず、のたうち回ろうとする。それを白鳥の背中に馬乗りになり、渾身の力で押さえつけた。

白鳥の両親を思った。

彼らは自分の愛する息子に殺されそうになったとき、途中で気がついたのだろうか。一酸化炭素が充満するあの部屋で、薄れる意識の中、最期に何を思ったのだろうか。

白鳥が一層激しく咳き込む。私も否応なしに排気ガスを吸い込む。肺が痛い。それでも、私は手の力をゆるめない。

白鳥にここに誘い込まれ、自殺に追いやられた人たちのことを思った。

きっと紗奈子のように、途中で抜けようとした人もいただろう。思い直した人もいただろう。やり直したい、やっぱりもう一度生きたいと願った人もいただろう。

白鳥が暴れる。押さえつける私の後ろに、紗奈子が泣きながら立っているのが目の端に映った。そして、その隣に立つ白いワンピースの少女の姿も。

それでも、私は手を離さなかった。

彼女のことを思った。

とっておきだという白いワンピースを着て死んだ少女のことを。

あの、暗い冷たい水中で、唯一の信じていた相手に裏切られて。

冷たかっただろう。怖かっただろう。痛かっただろう。苦しかっただろう。死にたくない、生きたいと叫びたかっただろう。

「あんたが、やったのよ」

もがき苦しむ白鳥を押さえ付けながら、私はつぶやいた。

「あんたが、やったの」

自らも咳き込みながらも、紗奈子に後ろから抱きつかれながらも、私は手を離さなかった。

あんたがやったのは、こういうことなの。

ねえ、わかってんの。


わかってんの。


紗奈子が叫び声を上げながら、私を力尽くで白鳥から引き離した。

私は地面に転がり、白鳥はその場に突っ伏す。白鳥も、私も、激しく咳き込む。肺が突き刺されるように痛み、血を吐くのではないかというほど喉が痛んだ。

それでも、紗奈子を振りほどき、白鳥に迫る。「もうやめて」と泣く紗奈子を無視して、白鳥の髪を掴む。こいつにはわからせなければならない。こいつには。

「…………い」

白鳥が呟き込みながらつぶやいた。

「…………ない」

白鳥幸男は消え入りそうな声を絞り出した。

「……死にたくないよお」

連続殺人犯、白鳥幸男は繰り返した。ボロボロと涙をこぼしながら。むせび泣きながら。

「死にたくない。死にたくない。死にたくないよおお」


私の両手の力が、すっと抜けた。

すとんとその場に座り込む。紗奈子が後ろから抱きついてくる。

白鳥は私から身を隠すように、車体の下に潜り込んでいった。それ以上進めないところまで進むと、そこで身を丸め、わんわんと泣き続けた。子どものように。

その姿を、白いワンピースの少女が、側に立ってじっと見つめ続けていた。


遠くからサイレンの音が響いてくる。

まだ遠いなあと思っていると、いつの間にか周りは警察官に囲まれていた。

警察官が何やら話しかけてくるが、意識が朦朧として何を言っているのかわからない。紗奈子がまるで私を守るかのようにぎゅっと抱きしめている。

そんな中、警察の中から見知った顔が私に駆け寄ってくる。美音だ。

美音は泣きはらした顔で、私の顔を両手で掴み、「お姉ちゃん！　お姉ちゃん大丈夫？　お姉ちゃん！」と叫んでいた。

あんたの姉はあかりでしょうが。そう思って笑ったところで、私の意識は完全に途絶えた。

26

後日譚を語ろうと思う。

私は入院した。当たり前だ。あばら骨一本完全骨折。二本亀裂骨折。頬骨陥没骨折。左ひじの骨にも小さなヒビが入っていた。もっと言えば、両太ももの筋肉は軽度の肉離れを起していた。

担当してくれた医師は優秀な先生らしいが、かなり個性派で、よく言えばファンキーな老人だった。診察中に、「この状態で山道駆け下りたの？　マジで!?　アドレナリンすげえ」となんか喜んでいた。

「右の拳もヒビはいってるよ。何をなぐったの？」と聞かれたときは、正直に「DVくず野郎の顔面」と答えた際は大いに受けた。隣の看護師はドン引きだったが。

件の「DVくず野郎」こと、石田勇気くんは、現在殺人未遂容疑で逮捕されている。私との殴り合いの後、燃えさかるロッジの中から自力で這って脱出したらしい。あれだけ「早く死のうぜ」とブーブー言っていたくせに、ちゃっかり頑張って生き残ってしまったらしい。聞いた話では、奥さんと完全に離婚が成立し、がっつり慰謝料も請求されるらしい。無論、自分でつくった借金も自分で支払わされる。

彼は「やり返してみろよ！」と叫んでいたが、自死にまで追いやられているあの段階で奥さんにはすでにがっつりやり返されていたわけだ。さらに今回の件で、名実ともに奥さんの完全勝利が確定したわけだ。弱い者いじめはするものではない。

なんにせよ、包帯でぐるぐる巻きにされた私は二ヶ月近く入院する羽目になった。

見舞いには、美音と紗奈子が数日ごとに交代で来てくれた。

まず美音から。

美音は病室で、顔がパンパンに腫れ上がって、包帯で巻かれている私を見て、「親知らずを四本同時に抜いたみたいですね」と的確な感想をくれた。言い返そうにもまともに話せなかったので、美音が差し出したジュースをストローで吸いながら、仏頂面を作るにとどめた。この状態の自分の表情に違いが出ているかはわからなかったが。

美音はあの夜、私との電話が途中で途切れた後すぐに警察に駆け込んだらしい。

単に電話が途中で切れただけなので、大げさと言えば大げさだ。事実、警察もまともに取り合ってくれなかったらしい。それでも、虫の知らせのようなものを直感で感じた美音は、自分の車を使って近隣のあちこちのキャンプ場を捜し回ってくれたらしい。しかし、美音のスマホのナビでは白鳥湖キャンプ場はヒットしなかった。かなり前に閉鎖したから当然だろう。

「でも、そこで、不思議なんですよ。なんか、お姉ちゃんの気配がして」

こっちに行けばお姉ちゃんがいる。お姉ちゃんが呼んでる。そう感じたらしい。

「おかしいですよね。そもそも、捜してるのはナツさんなのに」

そう言って美音は照れくさそうに笑った。

「で、気配の方に進むと、なんか山火事みたいなのが見えるし。上の方からクフクションが鳴り響いてくるし」

これは事件だと思って改めて110番し、警察と合流して来てくれたらしい。

笑いながら話してくれてはいるが、美音にとっても不安で苦しい一夜だったのだろう。

改めて礼を言った。それから、本当のところどうだったかはわからないが、友人にも心の中で礼を言う。

ありがとう。あかり。


次に紗奈子だ。

紗奈子はしばらく同じ病院で検査入院した。どの怪我も軽度であること、そして、彼女が妊娠中であることが確認された。幸運にも、母子ともに大事はなかった。

妊娠の確定を伝えられてすぐ、紗奈子は義理の両親に連絡をとった。そこでどのような会話があったのかわからない。だが、数週間後、彼女は両親を連れて私の病室を訪れた。

紗奈子の両親は、温和そうな初老の夫婦だった。

若い頃に子どもを亡くし、その後は子宝に恵まれなかったため、紗奈子を養子にとったらしい。

しかし、何かの拍子に、紗奈子を亡くなった子どもの代わりにしてしまっているという思いを抱くようになり、今一歩、紗奈子に踏み出せなくなってしまったのだとか。

こうして聞くと単純だが、実際はたくさんの要因が重なった、当事者にしかわからない複雑な話なんだろうと思う。

紗奈子の両親は、どこで売っているんだと思うような豪華な果物のカゴを持ってきてくれた。その果物を美音がむいたり切ったりしたものを、紗奈子がぺらぺらしゃべりながら次々と口に放り込んでいく。

それを紗奈子の母が「あなたが食べてどうするの」と叱る。

「だって、食べられるときに食べとかないと。それに、私が食べてるんじゃないの。赤ちゃんが食べてるの」と紗奈子が梨を頬張って笑いながら返す。

父親も思わず笑い、母親が困った顔で私に謝る。

「ごめんなさい。昔から食い意地の張ってる子で」


紗奈子の話では、赤ちゃんを産むかどうかでも両親と一悶着あったらしい。当然だ。紗奈子はまだ十七歳。しかも相手は紗奈子を犬か猫かのように捨てたくず大学生だ。

しかし、紗奈子の決意は固かった。なんと言われようと、産む。一人でも産む。と一点張りだった。その姿を見て、両親は紗奈子を全力で支えることを決意したらしい。

そうと決まれば、両親の動きは俊敏だった。

まず、くず大学生のケンくんのマンションに突撃。紗奈子父の恐ろしい剣幕で実家の場所を吐かせ、ケンくんの首根っこを掴んだその足で、電光石火で実家に乗り込んだ。しかも、紗奈子の父は法律関係の仕事をしている人間であった。寝耳に水の話で慌てふためいているケンくんパパとママに紗奈子父がまくし立てる。

おたくのどら息子さんがうちの未成年の娘をかどわかして親の金で借りているマンションに、だまして一年以上軟禁したあげく、妊娠させて放り出しました。娘は心に傷を負い、自殺未遂をするまで追い込まれました。親御さんとしてどう責任をとるおつもりですか。

修羅場である。

その後、半ば一方的な話し合いの結果、ケンくんが紗奈子の子を認知しない代わりに、親から多額の和解金をもぎ取り、子が成人するまで毎月養育費をケンくんの親名義で支払い続けるという契約を取り付けた。そのついでに紗奈子が盗んで大破させたスポーツカーについても不問に付すよう約束を取り付けたというので見事である。

「嘘泣きしながら、後ろから見てたんだけど、すごかったよ。ケンくん。ケンくんパパに胸ぐら掴まれて、ケンくんママにビンタされまくって、ピーピー泣いてて、なんか面白かった」

そう言って紗奈子は愉快そうに笑った。タフになったなあ。

一連の動きを聞くに、紗奈子の両親二人は、もともと有能で行動力のある人たちなのだろう。ただ、紗奈子のために何をしてあげればいいのかわからなかっただけなのだ。

紗奈子がトイレに行くと病室を出て、美音が念のため付き添って行った。病室には紗奈子の両親と私だけになった。両親は立ち上がり、私に改めて頭を下げた。

「このたびは娘を、命がけで救っていただき、本当にありがとうございました」

この初老の夫婦は、里親のチェックが厳しい日本で養子縁組が認められたぐらいなのだから、それなりに社会的立場もあるに違いない。そんな二人にそろって深々と頭を下げられ、私は慌てふためいた。

「本当は、私たちがしなければならなかったことでした。でも、私たちは紗奈子から嫌われたくないあまり、親として自信が持てないあまり、あの子から逃げてしまっていた。もう少しで、全てを失ってしまうところでした」

そう言って、父親は声を震わせた。母親も涙ぐんでいる。

私はベッドに座ったまま、どうしようかと戸惑っていたが、ふと、自然に言葉が口から出た。

「一緒に、いてあげてください」

私は、顔を上げた二人の顔をゆっくり交互に見ながら繰り返した。

「一緒にいてあげてください。紗奈子が、楽しいときも、つらいときも、笑っているときも、泣いているときも、怒っている時も。何も言わなくていいので」

きっとそれだけでいいのだ。

「ただ、絶対に一人にさせず、一緒にいてあげてください」

それは、私が徹にできなかったことだ。


その日の紗奈子は、帰りに母親とマタニティー用品の買い物に行くのだと嬉しそうに言い、両親に付き添われて帰って行った。

そこだけ切り取って見ても、実に仲睦まじい親と娘の姿であった。

ようやく終わったのだ。長く苦しいもがき合いを経て、一年の家出を経て、生と死の狭間をくぐり抜けて、新しい命を宿して。紗奈子は思春期を終わらせた。

現代日本の中高生の自殺者は年間五百人を超えると聞く。そんな中、十七歳の少女、藤原紗奈子は壮絶な思春期を生き残ったのだ。そして、逃げるのをやめて、改めて両親に向き合った。

この家族三人、いや、四人の関係はここから新たに始まるのだろう。


続いて、私自身の話だ。

退院した私を待っていたのは、警察の長い長い事情聴取である。無論、入院中も病室に幾度も警察官は現れて質問をしていったが、退院したその足で車に乗せられ、本格的に警察署の一室に缶詰にされた。

もちろん、容疑者として何か罪状がかかっているわけではないので、始終穏やかに話は進んだし、小まめに休憩も取らせてくれた。でも、いかんせん長い。何回も同じ事を聞かれて、流石にうんざりした。

「仕方ないんですよ。斉藤さん。事が事ですし、人が人ですので」

桜田と名乗る中年の刑事はそう言って頭をかいた。日々の疲れが目尻のしわに出ていると言った風貌の男だった。色々と配慮せねばならないのだろう。常に婦人警察官も同席していたが、主にしゃべるのはこの桜田だった。作り笑顔が顔に張り付いてしまっているようなので、本当の笑顔か作り笑いなのか自分でもわからなくなっているに違いない。

「事が事」というのは、今回の白鳥幸男容疑者が起したとされる一連の自殺幇助と連続殺人及び殺人未遂事件の事だ。

あのあと、湖は徹底的に捜索され、現在、計十一名の死体が水底から引き上げられたという。齢六十を超える老人から、学生まで、幅広い年齢層の人間が湖に沈んでいた。彼らは皆、ビニール袋で包まれ、レンガなどの重しを結びつけられて沈められていた。そのうちの一体が、偶然重しが外れて、偶然あの夜に浮かび上がり、偶然モーターボートの駆動軸に偶然あのタイミングで挟まったという事らしかった。

「斉藤さんを助けようとしてくれたんですかね」

そう言って桜田は悲しく微笑んだ。

問題は、その十一人の死体のうちの何人が自殺幇助で、何人が白鳥の殺人なのか見当が付かないことだ。現在、白鳥幸男は完全に黙秘を貫いているらしい。

だが、その後、湖の裏手にある彼の実家から決定的な証拠が見つかった。白鳥自身が作成した日記である。さらに「旅立ちの記録」と称して、亡くなった直後の遺体を一人一人撮影したアルバムまであったという。その中には、明らかに争った形跡が読み取れる写真もあったらしい。

「狂ってます。本当に、文句の付け所のない異常者です」

そう吐き捨てたときの桜田の顔からはさすがに作り笑顔が消えていた。

次に、「人が人」というのは私の事だ。

警察の中で私は知る人ぞ知る有名人らしかった。一年ちょっと前、複数の女性キャンパーを猟銃で撃ち殺していた殺人鬼を手持ちのスキレットでボコボコにし、あろうことか木に縛り付けて凍死寸前まで追い込んだのはこの私である。話題にならない方がおかしい。

しかもその女がまた、歴史に残りそうな大事件の容疑者の手足をたたき折って警察に引き渡したのだ。そりゃあ、単なる関係者の一人ではすむはずがない。

「マスコミに囲まれるのは覚悟しておいてくださいね」

事情聴取が大方終わった後、桜田はまた笑顔を作ってそう言った。今回は同情してくれているのが伝わってくる、励ますような笑顔だった。

今回は大事件であったがために、流石に警察の情報規制にも限界があり、各メディアで大きく取り上げられた。「白鳥湖事件」と名付けられたこの一連の事件は集団自殺というセンシティブな内容であったことから、この事件に関する議論は白熱し、連日ニュースで取り上げられた。特番番組まで作られたらしい。

そんな中、注目を浴びたのはこの事件の生き証人である二人の女性である。しかも、その二人が連続殺人犯を自力で撃退したのだ。マスコミが食いつかない訳がない。

警察は威信をかけて、未成年の紗奈子の情報は守ってくれた。その代わり、そうせざるを得なかったのだろう。私の情報はダダ漏れになった。なんなら、過去の猟銃事件の生き残りであることすら暴かれてしまい、世間は大盛り上がりらしい。勘弁してほしい。

私の入院先は警察が隠してくれていたが、退院後はそうもいかない。職場もばれているらしい。入院中、職場には大変な迷惑をかけてしまった。復帰の際は高級な菓子を山ほど買っていこう。

「改めますが、警察一同、斉藤さんには本当に感謝しています。二度も我々が気づけなかった重大な事件を明るみにだし、今回は人命まで救ってくださった。警察官全員を代表して、お礼申し上げます」

警察署を出て、送迎の車に乗ろうとした際、桜田は真顔を作り、私に頭を下げた。

そんな正義のヒーロー扱いされても困る。私はキャンプ場を間違えてしまったあげくに殺されそうになり、殴られたから殴り返し、日本刀をもって追いかけられたから車で追いかけ返したまでだ。なので、私は正直に思ったことを言った。

「そんなんじゃないです。私は単に、キャンプがしたかっただけなので」

桜田は笑った。

27

季節が巡って、春がやってきた。

待ち合わせ場所のコンビニに、美音の軽自動車が滑り込んでくる。倹約家の美音らしく、燃費がいいと定評がある車種だった。

助手席に滑り込み、運転席の美音に声をかける。

「どう？　運転慣れた？」

「全然慣れてないです。毎回ほんとに怖いです」

「怖がってるうちは事故らないわ。事故るのは慣れてきた時だから」

車が走り出す。美音は緊張の面持ちで前を睨み付けながら運転をしていた。運転技術どうこうではなく、人を乗せて走るのに慣れてないのだろう。

私はぼうっと助手席の窓から外を眺めていた。桜並木に人が集まっている。家族連れで、友達同士で、皆、うれしそうな笑顔で桜を見上げていた。

そんな中で、一組のカップルに目が留まった。桜なんかそっちのけで、お互いの顔を見つめ、笑顔で語り合っている。彼氏の方が冗談を言い、彼女が口に手を当てて笑う。

「ねえ。美音。あなた、恋人とかいる？」

「へ？　なんですか。いきなり」

美音が前を見ながら面食らったような声を出す。

「まあ、いることはいますけど。言ってませんでしたっけ？」

「言ってたっけ？」

「言ってたと思います。つきあい始めに報告しましたよ。確か、ナツさん、興味なさそうにふうんて感じでした」

「そうだっけ。ごめん。ほんとに興味なかったんだと思う」

「ナツさん、そういうとこありますよね。冷たいなあ」

冷たい、かあ。

「前にも言われたことあるわ。彼氏に」

「え、ナツさん、彼氏さんいらっしゃったんですか？」

美音がうれしそうな声を出す。

「どんな人ですか？　教えてください」

「死んだわ」

美音は黙った。私はまだ窓の外を見ているのでわからないが、きっと美音は気まずそうな顔をしているんだろう。美音が謝ろうとするのを遮るように、私は続けた。

「大学の時に出会ったの。バイト先が同じで、同い年で、すごく話すのがうまくて、いつも面白い話をしてくれた」

さっきのカップルはとうに見えなくなっていた。だが、桜並木は続いていた。次々と楽しそうな人たちが目に飛び込んでくる。

「大好きだったわ。私はこんなんだから、はたから見たら絶対そうは見えなかっただろうけど」

でも、大好きだった。

「就職を境に、彼は壊れていった。私は全然気づけなかったけど、確実におかしくなっていった。いや、違うな。気づいてたな。彼が変になっているのは私、わかってた。でも、なんにもしなかった。めんどくさくて」

そこで私は軽く笑った。その笑い声が思った以上に笑い声になっていないのに自分で驚いた。

「だって、めんどくさいじゃん。こっちだって毎日しんどいのにさ、会う度に愚痴を聞かされてさ。だからいつも話題をそらしてた。そしたら言うんだよ。冷たいって。しょうがないじゃん。私はそういう人間なんだから。慈愛とか、愛情とか、そういうのがほしいんだったら、他をあたってよ。私に期待しないでよ」

美音は何も言わなかった。私の声だけが車内に響く。

「だから、とことん避けた。彼が暗い話題をしようとしたらすぐに帰ったし、電話も切った。だって、しんどい話を聞いたらこっちまでしんどくなるから。私は私のしんどさをなんとかするから、あんたはあんたの苦しみを自分でなんとかしてよってそう思ったの」

私はそうやって生きてきた。私はそういう人間だ。

「そしたら、彼、死んじゃった」

いつの間にか、車は道路の端によって止まっていた。それでも美音はハンドルを持ったまま、黙って前を向き、私の話を聞いている。

「その時、ああ、確かに私って冷たいなってわかったわ。彼が死んだと聞いても、全く悲しいと思わなかった。寂しいとは思ったかもしれないけど、それぐらい。涙も出なかった。彼の実家に線香を上げに行った時も、ほんと他人事って感じでさ。遺影ってこんなんなんだとかそんなことを考えてたぐらい」

本当だったら泣くべきなんだろう。恋人が死んだのだから。遺影にすがって泣き叫ぶべきだったんだろう。心のある温かい人間ならば。

「でも、私は冷たい人間だからさ。涙なんか全く出なかった。これぱっかしは仕方ないよ」

沈黙が車内に訪れた。

何でこんな話を美音にしているんだろう。美音も気まずくて困っているだろう。悪いことをしたな。

話題を変えようと口を開きかけたとき、「ナツさんは」と美音が遮るように言った。

「冷たくなんかないですよ」

何を言ってるんだ。聞いてなかったのか。いや、気を遣ってくれたのだろう。

「ありがとう。でも」

「冷たくないです」

美音はまた言った。

「私、わかってます。ほんとはナツさん、お姉ちゃんとそこまで親しくなかったですよね。流石にわかりますよ。でも、ナツさんはお姉ちゃんの無茶な頼みを聞いて、私を捜し出してくれた。冷たい人がそんなことしますか」

「それは……」

「紗奈子ちゃんから聞いてます。ナツさん、一人で逃げることも出来たのに、最後まで紗奈子ちゃんを自分より優先して助けようとしてくれたって。会って間もない紗奈子ちゃんのために、命をかけてくれたって。それのどこが冷たい人なんですか」

「美音、あのね……」

「私の、お姉ちゃんの次に大好きな人の、悪口、自分で言うの、やめてもらっていいですか」

美音は怒ったような口調でそう言った。でも少し、語尾が震えていた。

隣の歩道から、子どもの笑い声が響いてきた。

「美音」

私は深く息を吸う。そして、吐き出すように言った。

「私、映画を見に行ったの。彼の実家に線香を上げに行った帰りに。せっかく外出したからって。それってもう、冷たいって言うか」

私は目をつぶった。

「もう、心がない人でしょ」

美音はしばらくまっすぐ前を向いていたが、はあ、とため息をついた。「そういうことか」と両手を下ろし、私に向き直る。

「じゃあ、なんでナツさんは、そのことをそんなに気にしているんですか」

私は面食らった。

「気にしてなんか」

「だってそうでしょ。そんな何年も前に映画を見に行った事なんて、普通覚えてないでしょ。ちなみに、映画のタイトルは覚えていますか。内容は？」

私は言われて言葉に詰まった。思い出せない。

「ほらね。タイトルも覚えてないのに、映画を見にいったことだけ覚えてる。そんな大事な日に見たくもない映画を見に行ったって事実だけを後生大事に覚えてるんです。なぜだか教えてあげましょうか？」

美音は私を睨み付けるように見つめた。

「思い込みたいからです。自分が冷たい人間だって」

私は予想外の言葉に混乱した。

「思い込みたい？　なんで？」

「だって、だってその方が楽だから」

楽？

「自分は冷たい人間だから。自分は心がない人間だから。だからあのとき彼氏さんにやさしく出来なかったのは仕方ない。だって私はそういう人間なんだから。亡くなった恋人の線香を上げにいった帰りに映画を見に行くような人間なんだから。そんな私に期待してきた彼氏さんが悪いって。彼氏さんのせいにできるから」

徹のせいに。

「それはきっと、どうしてあの時ああしてしまったんだろうとか、どうしてああしなかったんだろうとか、そんなふうに自分を責めるよりもずっと楽な事だったんだと思います」

美音の瞳は揺れていた。声もかすれかけている。それでも、姉ゆずりの意志の強い目で私を見つめる。

「いつも思ってました。なんでナツさんは急によそよそしい態度をとることがあるんだろうって。どうしてあからさまに他人と距離を縮めるのを拒むんだろうって。今わかりました。ナツさんは、自分で必死に思い込もうとしてたんじゃないんですか。私は他人に興味がなくて、思いやりもなくて、同情も出来ない冷たい人間だって。だってそうじゃなかったら、助けてあげれなかった彼氏さんに申し訳が立たないから。他の人に優しく出来るんだったら、なぜ彼氏さんに優しくしなかったのかが、説明できないから」

そこまで言って、美音はまた正面に向き直った。私に目を赤くした横顔を見せる。

「ナツさんは、冷たいわけでも、心がなかった訳でもありません。ただ、自分が恋人を救えなかったという事実を受け入れられなかったから、自分のこととして受け止められなかったから、全部他人事にしてただけなんです」

車内がまた静かになり、美音が時折鼻をすする音だけが響いた。

私は、逃げていたのだろうか。

自分のつらさを言い訳に、恋人の苦悩を無視した自分から。

自分に助けを求めていた恋人が、自ら命を絶ったという現実から。

『外から見れば明らかな事でも、人は自分のことになると途端に気がつかなくなるんだね』

「そう、かもね」

私はゆっくりと窓の外に目を向けた。

「受け入れていないんだから、そりゃ、涙なんて出るわけないよね」

美音も窓の外に目を向ける。

「仕方ないですよ。ナツさんも、いっぱいいっぱいだったんでしょ」

そう。いっぱいいっぱいだった。

初めての就職、初めての職場、初めての仕事。日々を生きるだけで精一杯だった。

「人の相談に乗ったり、悩みを聞いたり、立ち直らせたり、そんなことは、自分に余裕がある人ができることなんです。だから、ナツさんは悪くありません。もちろん彼氏さんも。だれも、悪くなかったんですよ」

でも、でもそれでも。

それでも私は。


美音はフーと息を吐いた。

「どうして生きるのってこんなに難しいんでしょうね」

悲惨な家庭環境を生き抜いた岸本美音は、そう言って無理をしたように笑った。

「そうね」

きっとそうだ。生きることは、生き抜くことは難しい。もしかすると、死ぬことよりもずっと。

車が再び動き出した。

窓の外の桜が流れていく。

ふと思い出した。徹とも桜を見に行った事があった。付き合いだした頃だったろうか。

徹は買ったばかりの一眼レフをうれしそうに桜に向けていた。

景色に全く興味がなかった私は散々言った。桜なんて毎年いやでも見れるじゃないとか。画像検索すればいくらでもプロのきれいな写真があるとか。そんなに見たいなら一人で来ればいいのにとか。

そう言うと、彼は「クールだなあ」と笑って私に向けてカメラを向けた。

一緒に見るからいいんだよ。ナツさん。

美音と一緒に産婦人科の病室に入ると、ベッドの上の紗奈子が笑顔で迎えてくれた。

窓からは春の日差しが差し込む、明るい病室だった。

ベッドに座る紗奈子の腕には、新しい命が優しく抱かれていた。

「みらいです。藤原未来」

美音が歓声を上げてのぞき込む。小さな、本当に小さな男の子がすやすやと寝息を立てていた。

なんだかんだ、新生児を間近で見たことがなかった私は、ついまじまじと見つめてしまった。

「髪の毛、もう結構生えてるのね」

「子どもによるらしいんだけどね」

紗奈子は幸せそうに笑った。

「未来は春生まれだから、毛深いのかな」

美音は未来をいろんな角度から見て、「かわいい！」「天使！」とはしゃいでいる。

「目は見えてるの？」

「まだ生後一週間だから。多分、ぼやっとしか見えてない」

「泣く？」

「そりゃね」と紗奈子が微笑む。

「すごいんだよ。足を触ると曲げるし、手の平に指をのせると、握り返してくるの」

把握反射か。実際に赤ちゃんを前にすると生命の神秘を感じるな。そんなことを思っていると、

「なっちゃん。抱いてあげて」

そう紗奈子に言われて、私は戸惑った。

「いや、無理だよ」

紗奈子がきょとんとする。

「どうして」

「赤ちゃん抱いたことないし。絶対泣かせる」

紗奈子が笑った。

「赤ちゃんは泣くのが仕事だから大丈夫」

ゆっくりと柔らかい布に包まれた未来が私の手に移される。「頭をやさしくささえてあげて」そう言われて、恐る恐る、細心の注意を払って体を支えた。

想像より軽い。でも、命を感じさせる確かな重みがあった。

こわごわと顔をのぞき込む。

未来はすやすやと寝息を立てていた。

未来か。いい名前だ。

口が小さかった。鼻が小さかった。耳なんてお菓子のようだった。生まれたてって、こんなに小さいんだ。

ふと思った。私にもこんな時期があったのだろうか。

紗奈子にもあったのだろうか。

あったのだろう。

美音にも。あかりにも。あの石田や白鳥でさえも。

こうして誰かに抱かれ、幸せになってほしいと願われていたのだろう。

徹にも、あったのだろう。

不意に視界が揺らいだ。あわてて顔を背ける。

「ちょっとなんでなっちゃんが泣くの」

紗奈子が驚きながら笑う。

「えっと、ごめん」

止めようとした。でも止まらなかった。両の目からは次々と涙があふれて、頬を伝って落ちていく。私はこぼれる涙が未来に当たらないようにするので精一杯だった。

生きててほしかった。

私にこんな事を思う権利があるのかはわからない。徹が一番つらい時に側にいようとしなかった私が、願っていいことではないのかもしれない。でも急にあふれ出た思いは止まらなかった。

徹に会いたかった。

また、笑ってほしかった。

クールだねって言ってほしかった。

面白くなくてもいいから、またたくさん話をしてほしかった。

私は、徹に、生きてて欲しかった。

「なっちゃんが泣くから、私もなんか泣けてきたじゃん」

そう言って、紗奈子もぽろぽろと泣き始めた。その肩に手を乗せる美音も、隣で涙ぐんでいる。

それでも、私の涙は止まらなかった。まるで、数年分の涙を出し切ろうとするかのように、大粒の涙がとめどなくあふれる。そして私は泣きながら、未来を抱き続けた。強すぎないように、力を込めすぎないように、でも、決してはなさないように。

涙で揺れる視界で未来を見つめる。そして願った。必死に母親のお腹から生まれてきたばかりの、赤ん坊に願った。

生きてほしい。

楽しいことばかりじゃないと思う。つらいこともあると思う。しんどいこともあると思う。きついことも、悲しいことも、思い通りにならないことも、理不尽なことも、やるせないことも、後悔することも、自分が嫌になることも、出口が見えなくなることもあるかもしれない。

でも、最後はきっとに幸せになれるから。

私はあなたに、生きてほしいの。

赤ん坊がふいに目を閉じたまま手を伸ばした。まるで私の涙に触ろうとするかのように。私は、思わず、そのちいさな手を私の手のひらで包んだ。

ゆっくりと、小さな手が、私の指を握った。意識しないと気づかないようなわずかな力で。

どんな夢を見ているんだろう。

春の暖かな日差しの中、未来が微笑んだ。

本作は書き下ろしです。
本作品はフィクションです。実際の人物や団体、地域とは一切関係ありません。

殺人鬼《サイコパス》狩り
二宮敦人
Atsuto Ninomiya
初文庫化!
殺人鬼同士の殺し合い
規格外の結末
血濡れの狂気に震える、壮絶サバイバルホラー！
イラスト：大前壽生　TO文庫

二宮敦人
Atsuto Ninomiya
四段式狂気
よんだんしき きょうき
続々重版の
《既刊発掘シリーズ》
第6弾！
何重にも仕掛けられた罠
狂気のどんでん返し
必ず4度騙される、驚愕のミステリホラー！
イラスト：大前壽生 TO文庫

TO文庫

キャンプをしたいだけなのに

2024年10月1日　第1刷発行

著　者　山翠夏人

発行者　本田武市

発行所　TOブックス
〒150-0002 東京都渋谷区渋谷三丁目1番1号
PMO渋谷Ⅱ　11階
電話 0120-933-772(営業フリーダイヤル)
FAX 050-3156-0508

フォーマットデザイン　金澤浩二
本文データ製作　TOブックスデザイン室
印刷・製本　中央精版印刷株式会社

Printed in Japan ISBN978-4-86794-323-6